로크미디어가
유혹하는
재미있는 세상

ROK
MEDIA
로크미디어

이것이 삶이다

이것이 법이다 20

2017년 3월 2일 초판 1쇄 인쇄
2017년 3월 7일 초판 1쇄 발행

지은이 자카예프
발행인 이종주

기획 팀 이기헌 송윤성 왕소현
책임 편집 최전경

발행처 (주)로크미디어
출판등록 2003년 3월 24일
주소 서울시 마포구 성암로 330 DMC첨단산업센터 3층 314호
Tel (02)3273-5135 **Fax** (02)3273-5134
홈페이지 rokmedia.com **E-mail** rokmedia@empas.com

ⓒ 자카예프, 2015

값 8,000원

ISBN 979-11-6048-011-5 (20권)
ISBN 979-11-255-9575-5 04810 (세트)

이것이 법이다

20

자카예프 장편소설

로크미디어

CONTENTS

끝나기 전에는 끝난 게 아니다   7

나는 새도 떨어트리던 놈   39

함정 그리고 함정   71

진퇴양난이 뭔지 알아?   103

이 시대의 히어로   149

나는야 안티히어로   179

법을 지키는 게 투쟁이라니   205

역사가 브랜드를 만든다   235

브랜드 가치란   263

끝나기 전에는 끝난 게 아니다

"의뢰요?"

"그래. 이번에는 노 변호사가 직접 해 줘야겠어."

"무슨 일이신데요?"

"그게 말이야, 이번 사건은 난이도가 있어서 아무도 하려고 하질 않아."

"난이도?"

노형진은 고개를 갸웃했다.

물론 어려운 사건이라고 하면 그에게 배당된다. 그건 알고 있었다. 그런데 보아하니 그것 말고도 다른 게 있는 눈치였다.

"사실은 말이야, 이 사건은 끝난 거라네."

"끝났다고요?"

"그래, 3심까지."

"그러면 제가 나설 이유가 없지 않습니까?"

법률상 한 사건당 최대 세 번까지 재판이 이루어진다.

1심과 2심은 그 사건에 대한 판결이고, 3심은 그 사건에 제대로 법이 적용되었는지 살피는 법률심이다.

사정이 어찌 되었건 그 세 번의 기회를 다 쓰면 추가적인 재판은 없으며 그의 형량은 확정된다.

"그래, 그렇기는 하네. 하지만 말이야, 자네라면 진실을 알려 줄 수 있을 것 같아서 부탁하는 거네."

"부탁이요?"

"사실은 내가 변호사 초년생일 때 했던 사건일세."

그의 말에 따르면 그가 변호사로서 사회에 처음으로 발을 디뎠을 당시에 담당했던 사건 중 하나라고 한다.

"무슨 사건인데요?"

송정한이 초년생으로 시작했을 때 사건이라면 형량마저도 끝내고 나왔을 가능성이 높다. 그런데 다시 해 달라니?

"살인 사건일세."

노형진의 얼굴이 딱딱해졌다.

살인 사건.

인간이 저지를 수 있는 최악의 사건이자 용서받을 수 없는 사건으로, 다른 범죄와 다르게 그 피해조차 돌이킬 수 없다.

다친 건 치료하면 되고, 부순 건 새로 사 주면 되며, 사기친 건 돌려주면 되지만, 살인은 저질러도 죽은 사람을 살려 낼 수 없기 때문이다.

"살인 말씀이십니까? 그런데 이제 와서 다시 해 달라는 것은……."

"맞네. 사형일세."

"……."

사형. 법적으로 내릴 수 있는 최고 형량.

"그럼 아직도 감옥에 있겠군요."

"그렇지."

"음……."

사형은 말 그대로 죽이는 것이다. 그런데 대한민국은 몇십 년째 사형을 하지 않고 있다. 결과적으로 그들은 미결수 신분으로 계속 감옥에 있어야 한다.

"그럼 그 사람도 감옥에 있겠군요."

"그렇지. 25년째 감옥에 있는 상황이네."

"25년이라."

노형진은 턱을 쓰다듬으면서 생각을 정리했다.

'쉽지는 않은데'

과거에 판결을 뒤집는 것은 쉬운 일이 아니다. 특히 재판 부는 과거의 판결을 뒤집는 데 무척이나 인색하다. 누가 봐 도 잘못된 사건임에도 불구하고 그 판결을 다시 뒤집는 데 30~40년씩 걸리는 것은 자기 책임을 인정하지 않으려고 하는 대한민국 법원의 특성 탓도 있는 것이다.

"그러면 송 대표님은 그 사람이 억울하다고 생각하시는 거죠?"

"그러네."

"개인적으로 알아서 그는 그럴 사람이 아니라고 생각하시는 건 아니죠?"

"사건 전에는 전혀 알지도 못했던 사람이었네."

송정한은 노형진에게 그 사건에 대해 설명하기 시작했다.

"그 사건의 시작은 한 지역에서 나타난 연쇄 살인 사건이었다네."

한 지역에서 벌어진 연쇄적인 강간 살인 사건. 사망자만 다섯 명에 이르고 대한민국이 온통 그 이야기뿐이었다.

사망자들은 숲에서 변사체로 발견되었으며 정액이나 유전자는 나오지 않았다.

"그런데 왜 그 사람이 피해자가 된 겁니까?"

"그 지역에서 사는 사람이었거든."

"고작요?"

"직간접적으로 그들 모두를 알고 있었다네."

"네? 그게 가능합니까?"

사망자가 다섯 명이나 되는데 그들 모두를 알고 지냈다면 의심받지 않는 게 이상한 것이다. 하지만 송정한은 그런 노형진의 생각을 알아차린 것인지 두 손을 흔들었다.

"자네가 생각하는 그런 게 아니야. 그 사람은 우편배달부

이것이 법이다

였다네."

"아, 우편배달부요?"

"그래, 알 수밖에 없었던 거지."

우편배달부, 속칭 우체부는 한 지역을 돌아다니면서 우편을 배달해 주는 것이 생업이다. 지금은 택배가 잘되어 있어서 그들이 배달하지만 25년 전에는 그런 게 없었으니 당연히 그들이 소포를 배달할 수밖에 없었고, 그렇다 보니 대부분의 우편배달부는 지역의 사람들과 친밀한 관계를 가질 수밖에 없었다.

"더군다나 해당 지역은 도심지보다는 낙후된 지역에 가까운지라."

노형진은 고개를 끄덕거렸다.

시골의 경우 우편배달부와 친밀해지는 경향이 더욱 강하다. 가끔 시골에서 우편배달부가 쓰러진 할머니, 할아버지를 발견하고 구한다는 소식이 나오는 것은 그들이 돌아다니면서 우편 배달만 하는 게 아니라 그들의 소식을 듣고 안부를 살필 만큼 친밀해지기 때문이다.

"그런데 그중에서 희생자가 다섯 명이 나왔다는 거군요."

"그래. 그 후에 그가 범인으로 지목된 거지."

"대충 알겠네요."

25년 전이면 군부독재 시절이다.

그때는 많은 비밀과 비리가 있었는데 그중 하나가 바로 범인 만들기였다.

심각한 일이 터지고 언론으로부터 집중적으로 취재받으면 정부에서 해당 지역의 경찰을 조사한다. 그러나 가끔 범인이 잡히지 않는 경우가 있다. 그러면 경찰은 적당한 범죄자를 만드는 것이다.

"당한 거군요."

"그래."

유일하게 전 동네를 돌아다니고 다섯 명의 여자를 다 아는 사람. 혼자 일하기 때문에 다른 사람들이 어디 있는지 알리바이를 알 수도 없는 사람.

지금이야 CCTV가 있으니 동선 파악이 되지만 그때는 그런 게 없었으니까.

"내가 보기에 그는 억울했네. 그래서 최선을 다해서 변론을 했지만……."

"이빨도 안 먹혔겠지요. 아마 범인이라고 자백도 했을 테고요."

"그렇지."

범인이 될 만한 사람을 정하면 그다음에 벌어지는 것은 잔혹한 고문이다. 물고문이나 구타는 기본이고 소위 통닭이라고 하는 매달기 고문 등등. 그 당시에는 상대방의 억울함과 상관없이 일단 범인을 만드는 데 혈안이 되었었다.

"그래서 25년을 사신 겁니까?"

"그래. 법정에서 고문당했다고 아무리 이야기해도 누구도 들어 주지 않더군."

"그 당시에는 그런 일이 비일비재했으니까요."

"그렇지."

"하지만 지금도 만만치 않습니다. 아시죠?"

"그래서 자네에게 부탁하는 거네."

증거도, 증인도 없다. 더군다나 고문당했다고 해도 자백했다.

"완전 빼도 박도 못할 상황이군요."

"그렇다네."

"그걸 알면서 소송해 보신 겁니까?"

"해 봤지."

고문으로 위증했다고 몇 번이나 소송을 걸었다. 하지만 결과는 언제나 똑같았다. 증거 없음. 고문했다는 증거가 없으므로 판결이 잘못되지는 않았다는 것이다.

'이거 심각한 문제인데?'

재판부는 어지간하면 선배 재판부의 판결을 바꾸지 않는다. 그런 상황에서 25년이면 어지간한 증거는 모조리 사라지고 없을 시간이다.

"나로서는 도저히 방법이 없었네."

"그런가요?"

"어떻게 해 줄 수 없겠나?"

노형진은 그가 뭘 생각하는지 알 수 있었다. 노형진의 사이코메트리 능력. 그 능력이라면 증거가 사라졌다고 하더라도 단서를 찾을 수 있을 것이다.

'25년이라……. 너무 오래된 사건인데.'

하지만 노형진은 그 가능성이 높지 않다는 사실을 알고 있었기 때문에 고민할 수밖에 없었다.

'25년이라…….'

만일 기억이 사라지지 않았다면 노형진은 법률가보다는 역사학자가 되는 게 더 나았을 것이다. 그 자리에서 있었던 수많은 역사적 사건들을 볼 수도 있었을 테니까.

'하지만 그렇다고 해도.'

마지막 희망을 가지고 노형진에게 부탁한 송정한이다. 그 부탁을 매몰차게 거절할 수는 없었다.

"일단 한번 해 보겠습니다."

송정한의 얼굴이 환해졌다.

수십 년간 자신을 괴롭힌 사건이다. 그런 만큼 어쩌면 진짜로 사건을 뒤집을 수 있을지도 모른다.

하지만 노형진이 무조건 해 주겠다는 소리는 아니었다.

"단, 조건이 있습니다."

"조건?"

"네, 당사자에게는 알리지 말아 주십시오. 혹 쓸데없는 기대를 가지면 곤란하니까요."

"음……."

송정한은 잠시 고민하다가 고개를 끄덕거렸다.

"하긴 자네 능력을 쓰기 위해 꼭 상대방의 동의가 필요한 건 아니지."

"더군다나 25년 전 사건입니다. 전에도 말씀드렸다시피 그곳에서 기억이 떠오르는 것은 랜덤이라 제가 어쩔 수 없습니다. 그마저도 그 사건에 대한 기억인지 알 수 없으니까요."

"그거랑 상관없네. 조금이라도 가능성이 있으면 시작해 봐야 하지 않겠는가."

송정한은 그 부분에 대해서는 가장 잘 알고 있었다. 그래도 노형진이 거의 유일한 희망이나 마찬가지였다. 진짜로 억울한 사람을 위한 마지막 기회.

"법을 공부할 때 배운 게 이런 말이지. 열 명의 범인을 놓치더라도 한 명의 억울한 사람을 만들지 말라고. 하지만 난 그러지 못했네. 자네가 그 억울함을 풀어 줄 거라 믿고 싶네."

자신의 손을 잡으면서 말하는 그를 보면서 노형진은 고개를 끄덕거렸다.

"진실이 그곳에 있다면 전 꼭 알아낼 겁니다."

⚖️

"음……."

노형진은 사건을 맡은 뒤 가장 먼저 시작한 것이 바로 사건에 대한 검토였다. 그러나 그걸 할수록 영 상황이 좋지 않다는 것을 알 수 있었다.

"수사 자체가 제대로 이루어지지 않았잖아. 이래서는……."

너무 오래된 사건이다 보니 제대로 사건에 대한 수사가 이루어지지 않았다. 그냥 닥치는 대로 물어보고 따라다니고 의심스러우면 두들겨 패 보는 식의, 말 그대로 쌍팔년도 방식으로 수사되었다.

"그래도 너무하잖아. 이건 뭐, 제대로 수사된 게 전혀 없어."

하긴 그 당시 시골 경찰에게 능력이 있다고 보기는 어려우니까.

"말이 특별 수사 팀이면 뭐하나."

노형진은 한숨을 쉬면서 경찰 측 사건 기록을 덮었다. 아무리 읽어 봐도 제대로 된 정보를 찾는 데에는 한계가 있어 보였다.

"결국 남은 건 이것뿐인데."

경찰 측 조사 기록이 아닌 그 당시 현장에 대한 감식 기록들. 일단 이건 제대로 처리되기는 했다. 그 당시 수준으로는 말이다.

"희생자는 대략 20세에서 30세 사이. 모두 변사체로 발견되었으며 강간의 흔적은 발견되었지만 정액이나 유전자는 없음. 사망한 후 배수로 등지에 버려져 있었음. 목에서는 끈으로 보이는 흔적이 발견되었으나 특정되지 않음. 손바닥과

무릎에 상처 많음. 사망 원인은 정체를 알 수 없는 물건에 의한 질식사. 특이점으로 입고 있던 속옷으로 추정되는 팬티를 머리에 씌워서 버렸다라……. 이거 완전 미친놈인데?"

노형진은 그 사진을 보면서 얼굴을 찌푸렸다.

사건 자체를 보면 이상한 점이 많았다. 다섯 명이나 되는 피해자들의 신체에서는 분명 강간으로 보이는 흔적이 있음에도 불구하고 유전자도 없다는 것도 그렇고 말이다.

"하긴 그 당시 대한민국을 발칵 뒤집었던 사건이라고 하니……."

이런 변태적이고 이상한 사건이 벌어졌으니 상당히 보수적인 그 당시 대한민국에서 언론이 어떻게 반응했는지는 뻔하다.

더군다나 그 당시 대통령의 입김은 말 그대로 기침해도 나는 새가 떨어질 지경이었으니 대통령이 노했다는 말 한마디면 없는 범인도 만들어서 가져다 바쳐야 했을 것이다.

"더군다나 그 사건 이후에 안 터진 게 이상하단 말이지."

우편배달부였던 배갑성이 범인으로 의심받는 다른 이유. 그건 배갑성이 잡힌 뒤 동일 범죄가 더 이상 벌어지지 않아서였다.

"다른 사건이 터졌다면 벗어날 수도 있는데……."

어떻게 일어나지 않을 수 있었을까? 그건 미스터리다.

'다른 사람이 범인이라고 잡혔다는 사실을 알고 멈춘 걸까? 아니야…….'

노형진은 고개를 절레절레 흔들었다.

이 사건에서 보면 이 모든 것이 연쇄 살인의 형태를 띠고 있다. 그런데 그런 연쇄 살인범으로 다른 사람이 잡혔으니 그에게 뒤집어씌우기 위해서라도 풀어 줄 리 없다.

문제는 연쇄 살인은 마약처럼 중독이라는 것이다. 절대 멈추지 못한다.

'언론에서 다 까발려 댔으니 수사 내용을 아는 거야 어렵지 않았겠지만.'

아무리 그래도 연쇄 살인범이 살인을 멈출 리는 없다. 설사 멈춘다고 해도 그건 짧은 기간 동안에나 가능하지, 이렇게 긴 시간 동안 멈추는 것은 불가능하다.

'죽었다?'

죽었다고 보기에도 이상하다. 그런 녀석이 우연히 딱 맞게 죽었다고 보기는 힘들기 때문이다.

'그렇다면 다른 이유가 있다는 것인데…….'

노형진은 계속 사건 기록을 살피고 있었다.

'음…….'

사건 기록에서 보이는 수많은 정보들.

'이상한 점이 한두 개가 아니야…….'

사건 자체도 이상하지만 그 처리 과정도 이상하다.

'결국은 직접적으로 이야기해 보는 수밖에 없겠군.'

그 당시 사건을 담당했던 사람은 송정한이다. 그런 만큼 송정한에게 이 기록에 대해서 묻는 게 더 나을 듯했다.

'어쩌면 내가 틀렸을지도 모르지만.'

만일 맞는다면 어쩌면 생각보다 더 큰 문제가 될 수도 있다.

⚖️

"뭐라고?"

송정한은 노형진의 의견을 듣고는 깜짝 놀랐다.

노형진에게 부탁했던 것은 솔직히 사이코메트리 능력을 기대해서였다. 그런데 노형진은 사이코메트리를 하기도 전에 기존에 있던 사건 기록과 전혀 다른 의견을 내놓았던 것이다.

"범인으로 추정되는 자가 미성년자라고?"

"네."

"말도 안 되는 소리! 범인이 미성년자라니, 그런 일이 벌어질 수가 있단 말인가?"

"미성년자라고 해서 강력 범죄를 저지르지 않는 것은 아닙니다. 도리어 더 삐뚤어진 녀석일수록 강력 범죄를 저지르지요. 미성년자라고 처벌하지 않는 걸 아니까요."

"그거야 그렇지만 그래도 이건 25년 전일세."

"시대가 어떻든 간에 미친놈은 언제나 존재하는 법입니다."

"후우."

송정한은 노형진의 말에 믿을 수가 없었다. 지난 25년간 자신을 괴롭혀 온 사건이 미성년자가 벌인 거라니.

"김소라 씨는 어떻게 생각하세요?"

노형진의 질문에 사건을 도와주기 위해서 온 김소라는 고개를 끄덕거렸다. 지난번에 프로파일러 사건이 벌어지고 난 후 김소라의 팀은 다른 수많은 법무 법인들에 도움을 주고 있었다. 물론 그 과정에서 그들로부터 많은 돈을 받아 냄으로써 새론에 많은 돈을 벌어 주고 있는 것도 사실이었다.

김소라는 프로파일러로서 동일한 의견을 표현했다.

"네, 이 상황으로 봐서는 그 상대방은 상당한 변태적인 성욕이 있는 것 같아요. 희생자의 나이는 대략 20세에서 30세 사이. 그렇다면 범인은 생각보다 나이가 어릴 겁니다. 이 당시에는요. 노 변호사님의 말씀대로 미성년자일 가능성이 90% 이상이라고 볼 수 있겠네요."

"김소라 자네가 봐도 그런가?"

송정한은 질렸다는 얼굴이 되었다.

미성년자라니. 그럼 애초에 시작점이 잘못되었다는 뜻이 아닌가?

'그러니 범인이 안 잡히지.'

분명 경찰들은 그동안의 경험에 따라 힘 좋은 성인 남자 중에서 변태를 찾으려 했을 것이다. 하지만 25년 전이면 본격적으로 미성년자의 범죄가 늘어나는 시점이다. 과거보다 더 많이 배우고 더 빨리 성장하면서 어린애들이 성인처럼 굴시기.

"보통 아동 성범죄자가 아니거나 특이한 취향이 아닌 이상 대부분의 남자들은 비슷한 또래를 원하죠. 하지만 미성년자들은 상대적으로 육체적으로 완성된 성인 여성을 더 좋아합니다. 즉, 40세 이상의 범인일 가능성은 낮아진다는 거죠."

"그러면 그 당시 20대 중반일 가능성이 더 높지 않을까?"

송정한은 믿을 수 없다는 듯 물었다.

하지만 노형진은 고개를 흔들었다. 성인의 범죄로 보이기에는 이상한 부분이 무척이나 많았다.

"보통은요. 하지만 이 사건에서 보이는 변태적 행위는 성에 대해 잘 모르는 미성년자의 흔적이 여기저기 보여요."

"잘 보인다?"

"일단 이 기록에 보면 희생자의 얼굴에 팬티를 씌우는 행동에 대해서 단순 변태라고 되어 있어요. 하지만 범인에게 단순이라는 말이 없습니다. 고정적인 행동을 한다는 것은 하나의 사인이나 마찬가지이죠. 하긴 이때는 연쇄 살인범에 대한 수사 방식도 제대로 없었을 때니……."

"그게 무슨 의미가 있다는 건가? 그냥 미친놈이 아니고?"

"있지요. 어른이 되면 범인들은 각자 자기의 뭔가를 추구합니다. 일종의 사인이죠. 자기가 했다는 흔적을 남기고 싶어 한달까요? 하지만 미성년자는 안 그래요. 뭔가를 따라 하고 그걸로 자기 정체성을 확인하려고 합니다."

"따라 한다고?"

"네."

노형진은 인터넷으로 다가가더니 뭔가를 찾기 시작했고 얼마 후 한 장의 그림을 화면에 띄웠다. 그러자 그걸 본 송정한은 움찔했다.

"이건?"

"그 당시 불법 수입 업체에 의해 수입된 일본 만화, 아니 망가라고 표현해야 하나요? 하여간 그중 하나예요. 내용은 그림에서 보다시피 남자 주인공이 여자 팬티를 뒤집어쓰고 영웅 노릇을 하는, 좋게 말하면 코믹이지만 솔직히 그냥 포르노죠."

"그렇군요."

"그 당시 고등학생들 사이에서 제법 유명했습니다."

송정한은 왜 범인이 미성년자라고 한 것인지 알 것 같았다.

"이 영향을 받은 녀석일 거라는 거군."

"네."

이런 불법적으로 수입되는, 소위 말하는 망가는 어른들은 잘 보지 않는다. 더군다나 그 당시 이런 망가의 주요 판매처가 학교 주변의 문구점이었고 학교 내에서 서로 돌려 보던 것을 생각하면 이런 것의 영향을 받는 것은 아이들일 가능성이 높다.

"그럼 이걸 따라 했다?"

"네, 일종의 승리의 표시인 거죠."

"왜 난 몰랐지?"

"그 당시 미성년자들 사이에서만 암암리에 통용되던 거였습니다. 어른에게는 잘 안 팔았죠. 설사 판다고 해도 고매하신 법조계분들이 봤을까요?"

노형진의 말에 송정한은 얼굴을 찌푸렸다. 틀린 말이 아니기 때문이다.

지금도 수많은 법조계 사람들이 자신들이 일반인보다 상위 인간이라고 거들먹거린다. 하물며 25년 전에는 어떻겠는가? 룸살롱에서 여자를 끼고 놀았으면 놀았지, 이런 책에 관심이나 있었겠는가?

'범인을 이해하지도 못하면서 범죄를 없애겠다니, 완전 개소리지.'

하지만 노형진은 그렇게 생각하지 않았기에 수많은 지식을 모으려 했고 그중에는 이 책에 관한 정보도 있었다.

만화책의 내용에 따르면 정의의 이름으로 적, 주로 여성을 꺾고 나서 주인공이 하는 것은 여성의 팬티를 그 여자의 얼굴에 씌우는 행동이었다. 물론 그 꺾는다는 표현은 말 그대로 성적인 결합으로 끝난다. 일본인들이 좋아하는 전형적인 성인 만화였다.

"그리고 그 영향을 받은 사람이라……. 그런데 이런 책이 있다는 걸 어떻게 알았나? 그럼 이 책은 자네가 태어나기도 전에 유통된 건데?"

"그 당시 이 만화책에 관련된 논문이 있거든요. 뭐, 크게 유명한 논문은 아닙니다만."

"논문?"

"네, 그 당시 한국에 퍼진 첫 번째 일본 망가라고 해도 과언이 아니니까요. 그것에 대한 연구서였습니다. 기존에 유통되던, 소위 말하는 춘화라는 그림들과는 질적으로 다르다 보니까 누군가 논문을 썼더군요."

그 전에 일본 망가라고 하면 검은색으로 떡칠이 된 만화책이 다였다. 하지만 그 책을 들여온 회사는 불법적으로 번역하고 판매했다. 애초에 허가도 나지 않았던 회사인 만큼 그렇게 빠르게 성장한 것은 기적에 가까운 일이었다. 당연히 그 과정에서 그동안 시행되던 검은색 칠도 하지 않았다.

"그 회사가 그때 번 자금으로 한국 내에서는 유수의 출판사가 되었지요. 그래서 범죄 자금의 흐름에 대해서 공부할 때는 한 번씩 나오는 사건입니다."

송정한은 씁쓸한 얼굴이 되었다. 불법을 행한 회사가 망하기는커녕 성공적으로 대기업이 되었다고 하니 기분이 묘했던 것이다.

"뭐, 그런 건 다 아는 사실이니까요."

"하긴 그렇지."

그런 만화책이 전국적으로 퍼지는데 경찰이 모를 리가 없다. 그럼에도 불구하고 단 한 번도 그들이 처벌받지 않았다는 것은 한 가지 가능성밖에 성립하지 않는다.

"그래서 이 만화를 접한 적이 있는 미성년자라고?"

"네, 그리고 제가 봐서는 아무래도 여러 명인 것 같군요."

"잠깐…… 여러 명이라고요?"

"네."

사건 기록에 따르면 분명 이 사건은 배갑성 혼자 한 것으로 되어 있다. 그런데 여러 명이라니?

심지어 김소라조차 여러 명이라는 말에는 고개를 갸웃할 수밖에 없었다. 자신이 본 사진에는 여러 명이라는 증거가 없었기 때문이다.

"네, 일단 두 가지 이유가 있어요. 첫 번째는 시반입니다. 이 시반에 따르면 시체는 옮겨져서 버려진 겁니다. 즉, 사건이 벌어진 현장이 이곳이 아니라는 겁니다. 그러니 소라 씨도 여러 명이 한 게 아니라고 생각할 수도 있죠. 현장이 아니니까. 하지만 상대방이 미성년자라면 혼자서 성인 여성을 이렇게 옮길 수는 없습니다. 두 번째는 이 배수로에 들어 있는 형태입니다."

"배수로?"

송정한은 고개를 갸웃했다.

그러나 잽싸게 배수로 사진을 들고 살핀 김소라는 노형진이 왜 범인이 두 명 이상이라고 했는지 알아차렸다.

"몸이 꼿꼿하군요!"

"그렇습니다."

"아니, 원래 사람이 죽으면 뻣뻣하지 않나?"

송정한은 이해하지 못하겠다는 얼굴이 되었다. 하지만 노형진은 고개를 흔들었다.

"일단은 처음에는 그렇지요."

"그런다고?"

"사람이 죽으면 일단은 점점 굳어집니다. 하지만 어느 정도 시간이 지나면 다시 몸의 근육이 풀어지면서 축 늘어지지요."

"그런데?"

"배수로의 형태를 보세요. 이 배수로는 덮개가 있습니다. 이 덮개는 열 수 있는 형태이기는 하지만 열린 흔적이 없지요. 그런데 이 피해자들은 모두 몸이 일자인 채로 뻣뻣하게 들어가 있습니다."

"설마?"

송정한은 그걸 보면서 고개를 갸웃했다.

절묘하게 시체를 감출 수 있는 공간. 하지만 여기서 문제가 생긴다. 혼자서 들어가 뻣뻣하게 굳어 있는 이 시체를 밀어 넣기에는 공간이 부족하다는 것이다.

"더군다나 아래쪽에는 농사로 인한 퇴적물이 제법 쌓여 있습니다. 하지만 그 퇴적물이 벗겨진 흔적이 그다지 많지는 않지요."

"그렇군⋯⋯. 그렇다는 건⋯⋯."

"누군가 반대편에서 당기는 형식으로 도와줬다는 겁니다. 이렇게요."

노형진은 그림을 간략하게 그려 상황을 설명했다.

"보다시피 이렇게 작은 곳은 어른이 들어가기는 아주 좁지요. 성인 어른이라면 무릎을 꿇고 들어가야 합니다. 그래서 제가 범인이 미성년자라 생각한 거지요. 거의 흔적이 없으니까요. 즉, 범인은 한쪽에서는 밀고 한쪽에서는 당기는 식으로 거기에 넣었다는 뜻입니다."

송정한은 그림을 뚫어지게 바라보다가 다시 한 번 배갑성의 사진을 바라보았다. 그러고는 자신도 모르게 얼굴을 찡그렸다.

"못 들어가겠는데?"

"그렇지요?"

경찰은 배갑성이 시체를 배수로 안에 밀어 넣었다고 했다. 하지만 배갑성은 어려서부터 동네를 자전거를 타면서 배달을 해서 그런지 상당히 큰 체구를 가지고 있었다.

"절대 배갑성 씨가 들어갈 수 있는 공간이 아닙니다. 노력하면 밀어 넣을 수야 있겠지만 그러기 위해서는 근무복이 진흙투성이가 되어야 합니다."

"하지만 기록에 따르면 그의 근무복에서는 진흙이 없었지."

"네."

즉, 다른 누군가가 넣을 수밖에 없다는 소리다.

"그러고 보니 이상한 점이 있기는 하네요."

"어떤?"

김소라는 사진을 뚫어지게 바라보다가 입을 열었다.

"성기 부분요."

"크흠……."

"음…… 그 부분이 왜요?"

아무리 사망자라고 하지만 왠지 여성의 성기를 뚫어져라 바라보는 것이 부담스러운 건 사실인지라 노형진 역시 그 부분을 아주 자세하게 살핀 것은 아니었다. 하지만 김소라는 여성이라서 그런지 그런 부분을 살피는 데 거리낌이 없었다.

"이 사진으로 보면 강간의 흔적은 있지만 정액이나 유전자는 나오지 않았다고 되어 있잖아요."

"그렇지요."

"그런데 이 성기 부분을 자세하게 보면……. 아니, 두 분다 왜 그래요?"

"좀…… 그냥 말로 해 주세요. 하하하."

괜히 얼굴을 붉히는 두 사람.

그런 두 명을 본 김소라는 피식 웃으면서 자신이 찾은 것을 이야기해 줬다.

"단순 성관계로 보기에는 상처가 너무 많아요."

"많다?"

"네, 이 수사 기록에 따르면 범인은 강간하면서 증거를 감출 목적으로 콘돔으로 끼고 강간했을 거라고 했지요. 하지만 콘돔으로는 이 정도로 심한 상처를 낼 수가 없어요. 일단 그걸 착용하는 남자의 물건의 강도도 약하고 콘돔 자체가 특정 목적을 만들어진 것인 만큼 최대한 부드럽게 만드는 것이 보통이니까요."

"그런가요?"

"네, 그런데 이걸 보면 강간이라고 해도 상당히 상처가 많아요."

"음……."

"그리고 두 분 다 아시다시피 단순히 콘돔을 낀다고 아예 유전자가 남지 않는다는 건 말도 안 되고요."

콘돔은 정액의 유전자는 막아 줄지언정 피부 접촉에 의한 유전자 전달은 막지 못한다.

"제 생각에는 일반적인 생식기를 이용한 강간은 아닌 것 같아요."

"뭐라고!"

가장 중요한 부분이 흔들리자 송정한은 패닉에 빠지는 얼굴이었다. 일반적인 생식기를 이용한 강간이 아니라는 것은 단 한 가지 의미만을 뜻하기 때문이다.

"그럼 결론은 이거군요. 범인은 여러 명…… 제가 봐서는 적어도 세 명일 겁니다. 두 명이 팔과 다리를 잡은 상태에서 직접적인 강간 행동을 해야 하는 한 명이 더 있어야 하니까요. 그리고 미성년자라는 건데…….”

여기서 한 가지 문제가 생긴다. 노형진의 예상대로라면 범인의 숫자가 적어도 세 명인데, 그 세 명이 다 고자라는 건 말도 안 되기 때문이다.

“음…… 아마도 종속적 관계일 가능성이 높네요.”

“종속적 관계?”

“네.”

김소라는 그 부분에 대한 한 가지 가설을 세웠다.

“리더인 자가 아마도 불능일 가능성이 높아요. 일반적으로 종속적 관계에서는 부하가 리더의 명령 없이 강간하지는 않지요.”

“그럴 가능성도 있군요.”

노형진도 김소라의 말에 고개를 끄덕거렸다. 하지만 송정한은 이해하지 못하겠다는 얼굴이었다.

“쉽게 말하면 이겁니다. 범인 중 한 명, 또는 두 명은 리더인 한 명에게 철저하게 매여 있는 관계라는 거죠. 그런데 리더가 고자인 경우 부하가 강간을 실행하면 고자인 리더 앞에서 자신의 남성성을 자랑한 꼴이 됩니다. 종속된 관계에서는 절대로 벌어질 수가 없는 관계죠.”

“그럼 그 리더라는 놈이 뭔가를 가지고 강간을 실행하는 사이에 다른 놈들은 잡고만 있는단 말인가?"

"네."

"그게 말이 돼?"

"됩니다. 종속적인 관계에서 속칭 주인이라고 불리는 리더의 통제 능력은 상상 이상입니다."

"음……."

여자가, 그것도 20대의 아름다운 여자가 벗겨져 있는데 참아야 한다니…….

"일단 세 명으로 잡고 조사해야겠군요."

"골 때리는군."

"그러게 말입니다."

노형진은 한숨을 쉴 수밖에 없었다.

⚖

"뭔가 좀 알아냈습니까?"

"전혀요."

경찰서에서 나온 김소라는 어깨를 으쓱했다.

"아니나 다를까, 전혀 모른다는 투네요."

"나무랄 수도 없지요. 벌써 25년 전 사건이니까요."

그 당시 일했던 사람들은 대부분 은퇴했다. 설사 있다고 하더라도 자신들이 만나 달라고 해서 만날 정도로 한가한 자리에 있지는 않을 것이다.

"다만 여전히 미스터리한 건 어째서 범인이 사건을 멈추었느냐는 건데요."

"그게 문제이기는 합니다. 이런 연쇄 살인범은 자기가 멈추고 싶다고 멈출 수 있는 타입이 아닌데요."

연쇄 살인은 일종의 정신병이다. 마음을 고쳐먹는다고 고칠 수 있는 게 아닌 것이다.

"음……."

노형진은 의자에 기대앉아서 수많은 가능성에 대해서 생각하기 시작했다.

'범인이 무척이나 강한 정신력을 가지고 있다면 그럴 수도 있어. 하지만 미성년자가 그럴 수 있다고 보기는 힘들어. 더군다나 지난 수십 년간 참는다? 그건 말도 안 되는 소리야. 두 번째는 죽었다는 것. 어쩌면 그 가능성이 가장 높기는 한데…….'

그렇게 되면 진실을 밝히는 것이 불가능하게 될지도 모른다는 생각에 노형진은 얼굴을 찡그렸다.

'하지만 미성년자가 우연처럼 딱 맞춰서 가짜 범인이 나오자 죽었다는 것은 말도 안 되는데. 그럼 세 번째는 다른 범죄로 인해 감옥에 갔거나 정신병원에 있다는 것. 하지만 25년이 지났음에도 불구하고 벌어지지 않았다면 감옥이나 정신병원에 갔을 가능성은 낮아.'

감옥에서 25년 형씩 사는 것은 무척이나 드문 일이다. 정신병원 역시 그렇게 오랜 기간 가둬 두는 경우는 드물다.

그리고 그 당시 가장 먼저 조사 대상이 된 것이 정신병원에 다니는 정신이상자였다. 그만큼 그 당시 기준으로는 상당히 이상한 사건이었기 때문이다.

'그러면 정신병원에 들어가지도 않았다는 건데…….'

그리고 그 당시 이 주변에서 조금만 이상하면 다 정신병원에 넣었다는 것이다.

"생각을 좀 바꿔 볼까요?"

"생각을요?"

"네, 그런 걸 잘하신다면서요."

"음…… 생각이라……. 어떤 식으로 말이죠?"

"가령 경찰이 알고 있었다거나."

"경찰이 이미 알고 있다?"

"네."

"흠…….."

노형진은 잠시 침묵을 지켰다.

'사실 그것도 틀린 말은 아닌데.'

지금도 권력의 윗선에 힘이 있으면 사건을 덮는 것은 일도 아니다. 하물며 25년 전에는 권력이 있으면 사람 죽이는 것은 일도 아니었다.

"하긴 25년 전이면 권력의 최정점일 때군요."

"그렇지요."

그 대표적인 예가 바로 아내 살인 사건이다.

중국에서 아내를 죽인 살인범이 한국으로 와서 아내를 간첩으로 신고했다. 물론 아내는 진짜 간첩이 아니었다. 살인범이 살인죄를 면하기 위해 한 거짓말이었을 뿐이다.

하지만 당시에 안기부였던 국정원이 그 사실을 정치적으로 이용하기 위해 그를 영웅으로 대접한 뒤, 중국에서 처벌을 위해 그의 신병을 요구한 것을 거절했다. 당연한 얘기지만, 그의 친척이 그만한 권력을 가지고 있었기에 그 모든 것이 가능했다.

"그러니까 경찰이 그 모든 것을 알고 고의로 가짜 범인을 만들었다?"

"네, 배갑성 씨의 말로는 고문도 같이 행해졌다고 하니까요."

"그 당시에는 고문이 일상적인 일이었습니다만?"

"하지만 목적은 달랐죠."

"그럴 수도 있겠군요."

노형진은 배갑성에게 이루어진 고문이 그냥 사건 수사가 진행되지 않는 상황에서 범인을 만들어서 해결하는 것이라 생각했다. 하지만 이제 와서 생각해 보니 그 계획에는 한 가지 조건이 달려 있어야 한다.

'바로 범인이 동일한 범죄를 저지르지 않아야 한다는 것.'

언론에 대고 범인을 잡았다고 난리 법석해 놨는데 동일한 범죄가 벌어진다면 경찰과 정권의 입장에서도 곤란한 일이다.

이것이 법이다

더군다나 그 당시 정권의 힘은 말 그대로 공포스러웠으니 그런 실수는 용납되지 않았다.

　"경찰이 그 사건의 범인을 알고도 빼돌렸다?"

　"그럴 수도 있죠. 그리고 프로파일상의 조건과도 맞아떨어지고요."

　"그럴 수도 있군요."

　프로파일상의 기록에 따르면 리더로 보이는 자는 분명 상대방을 휘두를 수 있는 뭔가가 있어야 한다. 단순히 주먹질만 잘하고 돈이 많다고 해서 이런 범죄에 가담할 만큼 사람들은 만만하지 않다.

　"사건을 덮을 정도로 권력이 있다는 사실이 될 수도 있군요."

　"네."

　돈과 권력과 힘을 모두 가지고 있는 자는 이번 사건에 대해서 딱 맞는 조건을 가진다. 그 상황에서 성적인 불능을 가지고 있다면 자신의 성적인 정체성을 위해서라도 이런 행동을 하게 된다.

　"그리고 그렇게 본다면 다른 것도 가능해집니다."

　"무슨 뜻인지 알겠습니다."

　일반적으로 이런 범죄 집단의 리더는 자신이 먼저 강간하고 난 후에 다른 사람에게 강간의 기회를 준다. 속칭, '돌림빵'이다.

　하지만 이 녀석은 그러지 않았다. 즉, 자신의 성적인 불능을 자신이 지배하는 다른 범인들과 비교당하고 싶지 않았다는 뜻이다.

"상당히 자존심이 강하겠군요."

"네."

"그렇다면 공부도 잘할 겁니다."

프로파일러란 가끔은 마법 같은 것이다. 몇 가지 사실만으로 그에 대한 추론이 가능하며 실제로 대부분은 맞아떨어지는 편이다.

"공부를 잘한다면 한 가지 방법이 더 남게 되죠."

"유학."

유학. 말 그대로 해외로 공부하러 가는 것. 미성년자에게 딱 맞는 도피 사유이며 또한 흔적조차도 지울 수 있는 방법.

"하지만 경찰이 도피를 묵인하면서까지 봐줄 정도면 상당히 높은 직위일 텐데요?"

단순히 동네 권력자 수준으로는 말도 안 되는 소리다. 그 정도면 중앙 부처, 그것도 상당히 중심부에 있는 사람이라는 뜻이다.

"그건 이제 알아봐야지요."

"결국은 발로 뛰는 수밖에 없군요."

"그렇지요."

김소라는 쓸쓸하게 미소를 지었다. 프로파일러라고 발로 안 뛸 수는 없었다.

나는 새도 떨어트리던 놈

"유학이라……. 모르지."

동네를 돌아다니면서 알아보려고 했지만 제대로 알아낼 수 있는 것은 아무것도 없었다. 가장 큰 문제는 그 당시 살던 사람들이 하나도 없다는 것이다.

"골 때리네요."

"후우, 경찰서에 있을 때는 이건 다른 경찰들이 하는 일이 었는데요."

"하지만 박봉이었죠."

"호호호, 맞네요."

김소라가 경찰서에서 받는 돈은 기껏해야 300만 원 정도였다. 하지만 지금은 억 단위 연봉을 받는 사람이 되었다. 그

만큼 그녀도 열심히 일하고 있지만 말이다.

"어찌 되었건 이런 식으로 물어보는 것에는 한계가 있는 것 같네요."

과거에는 시골이었을지 모르지만 이제는 신도시가 되어버린 이곳에서 과거의 기억을 가진 사람을 찾는 것은 쉬운 일이 아니었다. 거의 없다고 봐도 무방했다.

"그럼 졸업생을 찾아봐야 할까요?"

"그것도 방법이기는 하겠네요."

사건 당시 범인의 추정 나이는 고등학교 2학년 이상이다. 중학생쯤 되면 아직은 겁이 많은 나이이고 영양 상태가 좋지 않았던 때인 만큼 중학교 2학년쯤 되면 그래도 저항은 할 수 있었을 테니까.

"그렇다면 고등학교인데……."

문제는 그 고등학교가 폐교되었다는 것. 그 장소에 대단위 아파트 단지가 들어서면서 학교가 폐교되어서 남은 게 없다는 것이다.

"음……."

김소라는 침묵을 지키면서 생각을 가다듬었다. 과연 자신들이 할 수 있는 것이 어떤 것인지 알아내기 위해서다.

'학교도 폐교당했고…… 시골이었다고 하지만 이미 신도시가 되어서 남은 것도 없는데……. 잠깐, 시골?'

문득 노형진의 머릿속을 스치고 지나가는 한 가지 가능성.

바로 시골이었다.

보통 시골 권력자들의 권력이라는 것은 고만고만한 수준이다. 경찰을 움직여서 침묵을 지키게 만들 정도는 아닌 것이다.

"왜 그러세요? 방법을 찾았나요?"

"여기는 시골이었지요?"

"그 당시는 그랬지요."

"근데 왜 권력자의 아들이 여기 있는 학교에 다녔을까요?"

"네? 그거야 집이 여기니…… 아!"

김소라는 노형진이 말하고자 하는 것을 알아차렸다.

"옛말 중에 말은 제주도로 보내고, 사람은 서울로 보내라는 말이 있지요."

경찰을 움직일 정도로 권력을 가진 사람의 아들이 이런 시골에서 학교를 다닐 리 없다.

물론 국회의원들은 지역구의 특성상 시골에 집이 있을 수있지만 대부분의 의원들은 국회에 입성하게 되면 서울에 집을 구해서 들어가 버린다. 지역에 있는 국회의원들이란 현대에 야동을 보지 않은 청소년만큼이나 보기 힘든 존재들이다.

"일단 국회의원들은 아닐 겁니다."

국회의원은 대부분 나이가 좀 있다. 더군다나 그 정도 권력을 가지려면 최소 3선에서 4선 이상해야 한다. 다음 선거에서 어찌 될지 모르는 의원을 위해서 경찰이 그 정도 부담을 지려고 하지는 않을 테니까.

"그렇다면 다른 권력을 가지고 있다는 건데……."

곰곰이 생각하는 노형진. 그 순간 그런 노형진의 어깨를 툭 치는 김소라.

"왜요?"

"노 변호사님, 저런 사람 아닐까요?"

"저런 사람?"

노형진은 그쪽을 바라보았다. 그곳에서는 줄을 서서 움직이는 다섯 사람이 있었다. 나름 가오를 잡았지만 누가 봐도 불쌍해 보이는 그 모습.

노형진은 자신도 모르게 고개를 끄덕거렸다.

⚖

"군대?"

"네, 그 당시에 군대가 많았나요?"

"많았지. 주변이 주둔지였으니까. 왜?"

"역시."

그 당시는 군사정권 시절이다. 당연히 엄청나게 군대의 권력이 강했다. 어떤 면에서는 경찰 이상으로 강한 군대였다.

더군다나 군인의 장성급은 부대와 함께 있어야 하므로 시골에 있을 수밖에 없다.

"그 당시에 간첩 문제 같은 걸로 군대의 권한이 무척이나 강했지요?"

"엄청나게 강했지. 말 그대로 기침하면 새가 떨어질 정도로 말이야."

"설마?"

"장군의 자녀라면 어떨까요?"

"음⋯⋯."

송정한은 잠시 침묵을 지켰다.

그 당시 군대의 파워는 절대적이었다. 군사정권 시절인지라 그들이 죽어라 하면 진짜로 죽어야 할 정도였다.

"확실히 가능성이 있네. 그 당시 분위기를 봐서는 군대라는 조직에 있는 사람은 말 그대로 저승사자였지."

그 당시는 군대와 국정원 그리고 안기부 등에서 경쟁적으로 간첩을 잡아들일 때였다. 하지만 좋게 말해 간첩을 잡아들이는 거지, 사실상 간첩 사건을 만드는 경우도 적지 않았다.

심지어 경쟁 단체의 인물을 간첩으로 의심해서 감청하거나 조사하는 일도 흔했다.

"특히 그 당시 상황을 생각하면 군대라는 조직이 이 지역에서 더 강한 힘을 가지고 있으니까. 자네도 알다시피 군대라는 조직이 있는 지역의 경제가 그 군대를 위주로 돌아가지 않나."

"그렇지요."

군대가 있으면 면회객이 있고, 면회객이 있으면 지역 상권은 면회객 위주로 구성된다. 하지만 장군이 미친 척하고 면회 금지나 외출 금지를 내려 버리면 해당 지역의 상권은 처절할 만큼 무너지게 된다.

"그런 상황이라면 아무래도 해당 지역 경찰은 군대에 예속되게 되는 편이지. 군인의 아들이라……. 확실히 가능성이 있어."

송정한은 고개를 끄덕거렸다.

"하지만 그렇다고 해도 너무 많은데. 그 당시에 이 지역에 있는 군인이 몇 명인데."

"군인은 많을지언정 그 군인이 다 권력을 가지고 있지는 않을 겁니다. 어중이떠중이들은 당연하고 중대장이나 대대장급이 이 정도 사건을 덮는다는 건 말도 안 되죠."

아무래 그래도 이 정도 사건을 해결하려면 못해도 연대장급 이상의 힘이 필요하다.

'아니, 연대장급으로도 안 될 거야.'

사고사가 아닌 계획 살인. 그것도 연쇄 살인이다. 그렇다면 그 이상의 힘이 필요하다는 뜻.

"결국 장군급 이상이라는 거니 그중에서 자녀가 그 당시 유학을 가거나 다른 이유로 해당 지역을 떠난 사람을 찾아보는 건 어떨까 싶네요."

"그게 좋겠군. 자네 말이 맞다면 그들 중 한 명일 테니까."

"네."

송정한의 말에 노형진은 고개를 끄덕거렸다.

"분명히 범인은 그 안에 있습니다."

노형진은 직감적으로 느끼고 있었다.

"어렵지는 않더군요."

고문학은 서류철을 넘겨주면서 어깨를 으쓱했다.

"그 당시에는 유학 가는 게 쉬운 일이 아니었으니까요."

"그렇지요."

지금이야 유학이라고 하면 어느 정도 여건이 되는 사람은 어렵지 않게 갈 수 있는 것이라고 생각한다. 하지만 그 당시만 하더라도 유학이라는 것 엄청난 부잣집만 가는 것이었다. 해외여행 자유화가 89년에 시행되었으니 말이다.

즉, 그 전에 유학이라는 것을 가기 위해서는 국가의 허가를 받아야 한다는 뜻이다.

'그리고 그건 범인이 가진 자에 속한다는 걸 뜻하는 다른 증거이기도 하고 말이야.'

하나씩 퍼즐이 맞춰질 때마다 그 방향이 한쪽으로 쭈욱 흐르는 느낌이었다.

"그 지역에 있던 사람들 중에서 자녀가 유학을 간 사람은 세 사람입니다. 한 명은 그 당시 시장이었던 사람이고, 다른 한 명은 그 당시 해당 지역 유지였던 사람입니다. 그리고 마지막 한 명이 아마도 노 변호사님이 생각하는 그 사람이 맞을 것 같은데, 다름 아닌 그 당시 해당 지역에 주둔하던 부대의 장군이었습니다. 그 당시 3성급 장군이었지요."

"3성요?"

"네."

3성이면 중장. 대한민국에서는 군단장의 자리에 있는 사람이다. 그야말로 부대가 주둔하고 있는 지역을 꽉 잡고 있는 사람이라고 할 수 있다.

"그리고 그 사람일 거라는 다른 증거도 있습니다."

"있다니요?"

"그 사람을 좀 조사해 봤는데 젊은 나이에 중장을 달았더군요. 말 그대로 초고속입니다."

"네?"

노형진은 파일을 살펴봤다.

그러고 보니 그의 자녀가 유학을 간 나이가 고등학교 2학년 때였다. 문제는 아무리 빨라도 그때쯤 중장을 다는 것은 불가능에 가깝다는 것이다. 단 한 가지를 빼고는 말이다.

"쿠데타 세력이군요."

"네."

군부 쿠데타가 일어나서 대한민국을 지배하던 시기.

당연히 그 쿠데타 세력에 들어갔던 수많은 장교들이 고속 승진을 했다. 그리고 이 나이에 중장급에 올랐다는 것은 생각보다 쿠데타 당시에 핵심에 있었다는 뜻이다.

"그 정도면 확실히 이 모든 것을 할 수 있지요."

노형진은 자신도 모르게 눈을 찡그렸다.

그 서슬 퍼런 쿠데타 시절에 그 정도 파워를 가진 사람이라면 이런 사건을 덮는 것은 일도 아니었을 것이다.

"그래서 지금은? 아직도 장군인가요?"

"아닙니다. 정권이 바뀌면서 장군직에서 물러났습니다."

"그렇겠지요."

정권이 바뀌면서 쿠데타에 대한 처벌이 이루어졌고 그 과정에서 그들에게 협조했던 수많은 장군들이 모두 그만둬야만 했다.

"뭐, 그는 그렇다고 치고 결국 중요한 건 그 범인입니다. 그 아들에 대한 정보는 있습니까?"

"아들의 이름은 전진만. 국내에 그에 대한 정보는 없습니다. 미국으로 유학을 간 뒤 그곳에서 영주권을 취득해서 아예 뿌리를 내렸더군요."

"뿌리를요?"

"네, 지난 수십 년간 한국에 들어온 적이 없습니다."

"없다고요?"

"네."

"이상하군요."

아무리 미국에 있다고 해도 한국인인 이상 한국에 한 번은 와야 한다. 가족도 다 여기 있고, 다른 사람들 역시 여기 살고 있고, 하다못해 누군가 죽을 수도 있기 때문이다.

"아내는 한국인인가요?"

"네?"

"아내 말입니다. 아직 결혼하지 않았나요?"

"아…… 아내는 한국인입니다."

"미국에서 만나서 결혼했을 테고 말입니다."

"도대체 그걸 어떻게 아시는 겁니까?"

고문학은 보고도 듣기 전에 그런 사실을 아는 노형진을 보면서 약간은 어이가 없다는 표정을 지었다.

"간단한 거죠."

그런 상류사회 놈들은 혈통을 중요하게 생각한다. 당연히 코쟁이 외국인보다는 한국인 아내를 만나는 것에 집중할 것이다.

물론 그 당시 세력이 친미 주의자이므로 미국인이라 싫어하는 것은 아닐 것이다. 하지만 그것도 어디까지나 힘이 있는 가문들에 대해서지, 아무것도 모르고 아무 힘도 없는 일반적인 미국 시민을 며느리로 받을 리 없다. 미국의 명문가가 한국이라는 작은 나라에서 온 사람을 사위로 받아 줄 리 더더욱 없겠지만 말이다.

"그리고 그때도 안 왔고요."

"네."

"역시 범인은 그 녀석이 맞군요."

"네? 그게 그렇게 되나요?"

"쓸데없는 위험부담을 감수하고 싶지는 않았을 겁니다."

한국에서 미국으로 도주한 뒤 한국으로 들어와서 다시 잡히거나 재수사되는 것을 원하지 않았을 테니까.

"그렇지만 그게 자신의 죄를 고백하는 법이지요."

"네?"

"전진만이라고 했던가요? 그 녀석이 미국에서 만나서 미국에서 결혼했다고 하더라도 본인도, 아내도 한국 사람입니다. 아무리 영주권을 가지고 있다고 해도 결국은 한국인인 이상 국내에 들어와서 결혼식을 올리는 것이 정상이지요."

"아!"

고문학은 고개를 끄덕거렸다.

확실히 그렇다. 미국에서 한국까지의 비행기 비용은 적은 게 아니다. 그런데 기록에 따르면 대부분의 가족들은 어쩐 일인지 미국으로 직접 가서 결혼식에 참석했다. 상식적으로 미국에서 두 명이 오는 게 훨씬 싸고 좋으며 빠른데도 말이다.

"아마도 전진만은 한국에 다시 들어오고 싶어 하지는 않았을 겁니다."

"자기가 범인이라 이건가요?"

"네."

그런 강력 범죄를 저지르고 도망간 녀석이 한국으로 들어오려고 할까? 그럴 리가 없다.

"하지만 문제가 있는데요?"

"어떤 문제죠?"

"그는 미국의 영주권자입니다. 이 녀석이 미국에 있는 이상 우리가 힘을 쓸 수 있는 방법이 없습니다."

"음……."

노형진은 심각한 얼굴로 고민하다가 고개를 흔들었다.

"일단은 상황을 의뢰인한테 말하는 게 좋겠군요."

"의뢰인에게 말씀이십니까? 하지만 의뢰인에게는 당분간 이야기하지 않겠다고 하지 않으셨나요?"

"맞습니다. 하지만 그것도 어느 정도여야지요. 이 정도 사건이 진행되려면 당연히 알려야 합니다."

"아, 네……."

고문학은 노형진의 말에 당연히 그럴 수도 있다고 생각했다. 하지만 노형진은 다른 생각을 하고 있었다.

'결국 누구나 다 거짓말을 하기 마련이니까.'

그리고 자신이 본격적으로 하기 전에 해결해야 할 일이 있기는 했다. 송정한은 그가 안 했다고 철석같이 믿고 있지만 그건 모를 일이다. 그렇기에 확인이 필요했다.

⚖

"지…… 진범요?"

배갑성의 목소리가 은은하게 떨렸다.

"네, 저희는 그렇게 생각합니다."

"이…… 이제 와서 진범이라니……. 사실입니까?"

"아무리 시간이 지났다고 해도 진범은 잡혀야지요."

노형진은 그러면서 그의 어깨에서 손을 얹었다.

그의 마음속에서 소용돌이치는 분노와 반가움 그리고 당혹감. 모든 것이 한 가지를 가리키고 있었다. 그는 진짜 범인이 아니라는 것을 말이다.

"그래서 그것도 알려 드릴 겸 확인할 것이 있어서 왔습니다."

"확인이요?"

"네, 전진만을 아십니까?"

물론 진짜 목적은 그가 진범인지 알아내는 것이었지만 그게 목적이라고 할 수는 없었기 때문에 기대도 안 했다. 그저 둘러대기 위해서 전진만이라는 이름을 물어본 것이다. 그런데 그의 반응은 노형진의 예상을 뛰어넘었다.

"전진만이 범인인 겁니까?"

"전진만을 아십니까?"

"몇 번 만났습니다. 어떻게 알았는지 제 삐삐로 연락해서요."

"삐삐로 말입니까? 왜요?"

그 당시에는 핸드폰이란 말 그대로 엄청난 고가의 물건이었다. 그 당시 일반적으로 한 달 임금이 100만 원도 안 되던 시절이었는데 핸드폰의 가격이 350만 원 정도였으니까.

그래서 사람들이 일반적으로 쓰던 것은 소위 말하는 삐삐였다. 연락을 주면 그 전화번호로 전화하는 물건 말이다.

"성적표 때문이었습니다. 그다지 공부를 잘하는 것 같지는 않더군요."

"음……."

"워낙 흔하게 있었던 일인 만큼 이상한 것은 없었다고 생각했습니다……."

학교에 다니면서 성적표를 빼돌리거나 고치는 시도를 안 해 본 사람이 얼마나 되겠는가? 하지만 반대로 말하면 그렇게 흔한데도 불구하고 이름까지 기억한다는 것은 이유가 있다는 뜻이다.

"솔직히 말씀해 주십시오. 그 녀석, 뭔가 이상했죠?"

"네?"

"그렇지 않다면 25년이나 지난 지금 그 녀석을 기억할 리가 없지 않습니까? 단순히 불량한 것 이상으로 이유가 있었던 것 같은데요."

"그게……."

배갑성은 오래전 기억을 되살리기 위해 안간힘을 쓰기 시작했다. 너무나도 오래된 기억이다. 그를 기억하고는 있었지만 왜 그를 기억하는지는 생각조차 나지 않았던 것이다.

"모르겠습니다. 그냥 위험하다는 느낌이 들곤 했지요."

"위험하다?"

"네…… 마치 세상 모든 것을 깔보는 듯한 느낌이랄까요?"

"대충 알겠네요."

범죄자가 되는 것은 여러 가지 유형이 있다. 그중 가장 많은 유형이 생계형 범죄자다. 그리고 그다음으로 많은 유형이 한 푼이라도 더 벌려는 탐욕에서 비롯되는 유형이다.

하지만 가장 위험한 유형은 세상이 자기 발아래에 있다고 생각하는 유형이다. 위의 두 유형은 마지막 한계를 넘는 게 조심스러운 반면, 그 유형은 아예 세상 자체가 발아래에 있다고 느껴 한계란 것이 없기 때문이다.

'그걸 느꼈을지도 모르지.'

"무슨 일이 있기는 했는데…… 기억이 안 납니다. 하지만 그 녀석 때문에 저도 징계당했던 것 같고…….'"

오래된 사건이라 그의 기억은 가물가물했다.

'이런 이런, 그러면 나도 못 읽는데.'

사람 몸에서 기억을 읽는 데에는 한 가지 전제 조건이 있다. 상대방이 그걸 기억해 내야 한다는 것. 지금처럼 제대로 기억해 내지 못하면 노형진이라고 할지라도 그걸 읽어 낼 수 없다.

"하여간 같이 다니는 두 녀석들이 가끔은 불쌍했죠."

"뭐라고요?"

"같이 다니는 두 녀석들?"

그런데 생각지도 못한 정보가 나오자 송정한과 노형진은

깜짝 놀랐다.

"왜 그러십니까?"

"혹시 그 두 녀석에 대해서 기억하십니까?"

"그렇기는 합니다만…… 왜 그러시는 건지?"

"사실은 그 사건은 여러 명이 저지른 거라고 생각하고 있습니다. 그리고 심리학적으로 그 둘이 일종의 전진만의 부하일 가능성이 높다고 보고요."

"네에?"

배갑성은 깜짝 놀랐다. 단순히 전진만에게 당하는 그 둘이 불쌍하다고만 생각했지, 설마 그들이 범인일 수도 있다는 생각은 하지 못했기 때문이다.

"그 녀석들에 대해서 말씀을 좀 해 주십시오."

"그 두 녀석은 대해서는 잘 모르는데……."

"하다못해 이름도 기억이 안 나십니까?"

"이름요? 이름, 이름……."

그는 어떻게 해서든 머릿속에서 그들의 이름을 떠올리기 위해 노력했다.

지난 25년의 지겨운 감옥 생활. 매일같이 강력범들에게 구타당한 적도 있고 말로 표현할 수 없는 비참한 일이 벌어지기도 했다. 그리고 언제 죽을지 모르는 공포감. 사형수는 매일매일이 공포의 연속인 것이다. 누군가 면회 왔다는 것조차 겁이 날 지경.

그의 나이는 이제 60세. 그럼에도 불구하고 여전히 죽음의 공포는 두려웠다.

"이름이 아니면 뭐라도 좋습니다. 그 녀석들에 대한 거라면요."

그의 직업이 우편배달부였던 것을 생각하면 그가 동네 사람들에 대해 잘 알고 있다고 해도 이상한 것은 없다.

애초에 그가 범인으로 몰린 것이 그가 집배원으로서 피해자들과 알고 지냈다는 이유 때문이 아닌가?

"죄송합니다. 이름은 기억이 안 납니다."

"아……"

노형진은 안타까운 한숨을 내쉬었다. 하지만 그의 직업적 본능은 아직까지 그에게 한 가지 희미한 사실을 알려 주고 있었다.

"하지만 그중 한 녀석들의 주소는 기억나네요."

"주소요?"

"정확한 주소는 아니고 위치입니다. 좀 특이한 위치였거든요."

"그걸 정확하게 알 수 있습니까?"

"네, 아마도요. 그 집은 다른 집과 다르게 좀 동떨어진 곳에 있었거든요."

"그럼."

노형진은 연필과 종이를 그에게 건넸다.

"그 위치를 좀 그려 주실 수 있나요?"

그렇게 생각하지도 못했던 증거가 나타났다.

얼마 후 노형진은 그 집의 주소를 알 수 있었다.

배갑성의 말대로 과거의 주소에 따르면 그 집은 다른 집들과는 좀 떨어진 곳에 뚝 떨어져 있어 다른 집들과 착각할 이유도 없었던 것이다.

"그 당시에 고등학교 1학년이었던 송종환이라는 학생, 아니 학생이었던 사람이 있었습니다."

고문학은 어렵지 않게 그 주소지에서 살았던 사람에 대한 정보를 가지고 올 수 있었다.

"집 자체는 가난했죠. 사실 있던 곳도 집이라고 보기에는 무척이나 허름했고 거의 움막 수준이었으니까요."

"움막요?"

"네, 사진이 있었습니다. 아무래도 재건축하기 전에 그곳에 있던 걸 기록하기 위해서 찍은 사진인 것 같은데 그 당시에도 그다지 좋은 집은 아니었던 것 같습니다."

사진 속에 있는 건물은 허름하고 당장 무너져도 이상할 게 없는 말 그대로 움막이었다.

"송종환은 그곳에 살면서 학교를 다녔습니다. 불우한 환경이 범죄로 이어지는 단순한 과정을 밟았지요."

"범죄로 이어진다? 범죄자인 모양이군요."

"네, 얼마 전에 출소했습니다. 강도 상해로 1년 살고 나왔습니다."

"강도 상해로 1년요? 무척이나 짧은데요?"

"판사가 성장 환경이 불우하다고 좀 봐줬답니다."

노형진은 얼굴을 찌푸렸다. 그는 불우한 환경이 범죄로 이어지므로 환경이 불우하다고 선처해 주는 것을 이해하지 못했다. 불우한 환경에서도 성공하는 사람이 있기 때문이다. 그리고 꼭 성공하진 않더라도 최소한 평범하게 살 수는 있다.

결국 불우하다고 포기하고 막 나가는 놈들은 환경적인 부분도 있지만 자기 문제도 있는 것이다.

"웃기는군요."

더군다나 그 당시 고등학교 2학년이었다면 지금쯤 마흔은 되었다는 소리다. 그런데 불우한 환경이라니.

"어찌 되었건 그의 전과는 현재까지 대략 4범쯤 됩니다. 대부분 돈 때문이죠."

"쉽게 입을 열지는 않겠군요."

"네."

범죄자인 만큼 과거의 범죄에 대해서 처벌이 어떻게 될지 모를 리 없다. 당연히 그는 절대로 입을 열지 않을 것이다.

"나머지 한 명은 누군지 알 수가 없나요?"

"죄송합니다."

함께 범죄를 저지른 사람으로 추정되는 것은 두 명.

그중 한 명은 찾았지만 그는 쉽게 입을 열 리가 없는 범죄자다.

그렇다면 남은 것은 한 명뿐이다. 하지만 해당 지역이 재개발되면서 모든 흔적이 사라진 상태.

"일단은 이 녀석을 추적해 봐야겠군요."

"그런다고 말해 줄 것 같지는 않습니다만? 겁을 좀 줘 볼까요?"

"폭력 전과가 있는 놈입니다. 그런 놈이 과연 겁을 준다고 알아들을지는……."

더군다나 변호사가 겁준다고 해도 그가 그걸 믿을지는 알 수가 없다. 하지만 그렇다고 납치해서 고문하거나 진짜로 구타할 수는 없다. 그건 범죄라서 자신들도 위험해질 뿐만 아니라 그렇게 얻은 증거가 법원에서 인정될 리도 없기 때문이다.

"그렇다면 어떤 식으로 해야 할지 답이 안 보이는군요."

노형진은 조용히 그에 관련된 기록을 계속 보기 시작했다.

'그의 범죄적 성향은 어릴 적부터 있었다고 봐야겠지. 단순히 가난하다고 그런 짓에 가담하지는 않았을 테니까. 그럼에도 불구하고 그가 범죄자로서 리더가 되지 못했더라…….'

그 순간 노형진의 머릿속에서 뭔가가 스치고 지나갔다. 이 사태를 해결할 아주 좋은 방법이 말이다.

"그러면 연기를 좀 해 봐야겠네요. 흐흐흐."

"연기요?"

"네, 결국 과거의 기억이 모든 것을 지배하기 마련이니까요. 흐흐흐."

노형진의 얼굴에 떠오른 미소를 본 고문학은 또 누가 잘못 걸렸다면서 자신도 모르게 속으로 혀를 끌끌 찰 수밖에 없었다.

⚖

"캬, 죽이네."

송종환은 술을 들이키고는 얼굴에 미소가 떠올랐다.

"이 맛에 술을 못 끊지. 흐흐흐."

감옥에 가서 가장 힘들었던 것을 뽑으라면 술을 마시지 못하는 것과 계집질을 하지 못하는 것이었다. 어차피 막 나가는 인생이긴 하지만 즐길 거리가 없다는 것은 무척이나 그의 삶을 우울하게 만들었다.

"흐흐흐."

그의 눈에 점점 술기운이 올라올수록 술을 주는 주인의 얼굴은 사색이 되어 가고 있었다.

'이런 씨발……'

송종환은 술에 취하면 말 그대로 개가 되는 성격이다. 그래서 몇 번이나 신고해 봤지만 그때마다 돌아오는 것은 더 큰 보복뿐이었다.

그나마 근 1년 정도 감옥에 갔대서 좀 나아지나 싶었는데, 다시 나왔다는 소식에 주변 상인들은 울상이 되어 버렸다.

"캬, 취한다."

"이보게, 송 씨. 적당하게 마시는 것이……."

주인은 걱정되는 나머지 그를 말리려고 했다. 그러나 그다음 순간 일어난 일은 이미 그의 손을 떠났다는 것을 느끼게 해 줬다.

"뭐라는 거야! 썅!"

술에 취해서 벌떡 일어나서는 소주병을 잡고 병을 내리 쳐서 깨는 송종환.

"내가 술 팔아 준다는데 불만이야! 불만이냐고, 이 씹쌔끼야!"

"그…… 그게 아니라……."

주인은 어쩔 줄 몰라 하면서 뒤로 주춤주춤 물러났다. 그리고 사람들은 그걸 보면서 서둘러 자리를 피하기 시작했다.

"주…… 주인장, 여기 계산 좀……."

"뭐야! 내가 있는 게 꼬와? 꼽냐고!"

"아니…… 그게 아니라……."

헐레벌떡 계산하고 나가려고 하는 손님에게 폭언을 뱉어 내는 송종환.

'이런 씨발, 좆 됐다.'

오랫동안 술을 마시지 않아서 그런지 생각보다 쉽게 취한 것이다.

"이런 씨발! 개 같은 놈들! 개 같은 놈은 다 죽여야 해!"

소리를 버럭버럭 지르는 송종환. 그 순간 문 쪽에서 그런 그를 부르는 소리가 들려왔다.

"송종환, 그만하지?"

"뭐야, 이 새끼야?"

술병을 휘두르려고 몸을 돌리는 송종환. 그러나 그는 그 앞에 서 있는 사람을 보고 자신도 모르게 얼어붙었다.

"이야, 이 새끼, 오랜만이네, 이거?"

눈앞에서 히죽거리면서 웃는 남자. 평생을 살면서도 절대로 잊어버릴 수 없는 남자. 그가 눈앞에 서 있었다.

"전진만…… 너…… 너……!"

"오랜만이다, 이 새끼야."

웃으면서 다가오는 전진만을 보면서 송종환은 마치 뱀을 만난 개구리처럼 부들부들 떨었다. 과거 어렸을 적에 그가 보여 준 그 공포가 그를 사로잡았기 때문이다.

"뭐야? 간만에 만났는데 그딴 걸로 날 환영하냐?"

"응…… 아니, 아니……."

들고 있던 소주병을 화들짝 놀라면서 집어 던지는 송종환.

전진만은 그런 송종환을 보더니 피식 웃고는 자리에 앉았다.

"간만에 소주 좀 빨아 보자. 앉아라."

"으응?"

"앉으라고, 이 씨발아……."

"으응……."

마치 노예인 듯 고분고분하게 자리에 앉는 송종환.

"너…… 여기는 어떻게? 미국으로 유학 가서 한 번도 안 왔잖아?"

"그래서 내가 한국에 못 들어올 이유라도 있냐?"

"그거야……."

"왜 입이 근질거려?"

"아니야, 아니야."

송종환은 깜짝 놀라서 양손을 휘휘 저었다. 그 당시 사람의 목을 조르면서도 섬찟하게 미소 짓던 그의 모습은 아직도 그의 뇌리에 남아 있었다.

"아가리 잘 털어라."

"으응……."

"자, 마셔."

전진만은 빈 잔에 소주를 부어서 그에게 건넸다.

"너 이 새끼, 아직도 이렇게 구질구질하게 사냐?"

"……."

"간만에 만났는데 안 반가운가 봐?"

"반가워……. 당연히 반갑지."

하지만 송종환은 절대로 반가운 얼굴이 아니었다. 그는 끊임없이 눈치를 보면서 소주를 마시고 있었다.

'으으…… 이 녀석이 왜……?'

분명 술을 마시고 있었지만 술이 들어가자마자 물로 변하는 것처럼 점점 정신이 깨어나는 느낌이었다.

"간만에 한국에 볼일이 있어서 왔다."

"볼일?"

"그래, 정리할 것 좀 정리하고 그래야지."

"무슨 소리야?"

"한국에 다시 들어와서 살아 보려고."

"하…… 한국으로? 너, 미국에 자리 잡았다고 하지 않았어?"

"왜? 내가 한국으로 돌아온다니까 꼽냐?"

"아니…… 아니야…….."

"아가리 잘 털어라. 네 주제 알고."

"으응…….."

송종환은 격하게 고개를 끄덕거리면서 소주를 홀짝거렸다.

"그런데 한 새끼는 어디 갔냐?"

"누구?"

"이 새끼가 미쳤나? 누구한테 되물어? 내가 물어볼 게 한 명밖에 더 있어? 우리가 그런 사이였어?"

"규택이? 그 녀석은 잘 몰라……. 우리 동네 재건축 결정되고 나서 연락이 안 되서."

"연락도 안 하고 다니냐?"

"그게…… 그 후에 내가 빵 들어가면서 연락이 끊어졌어."

"빵?"

"응."

"새끼, 제대로 일 못하는 건 여전하네."

"……."

"씨발. 하여간 몇 년 만에 마셔 보는 소주인데 더럽게 맛없네. 역시 술은 양주가 최고지. 이딴 거 더 이상 못 먹겠네."

스윽 일어나는 전진만.

"난 간다."

"가려고?"

"내가 그럼 이딴 싸구려를 처마시고 있을까? 왜? 네가 룸살롱이라도 쏘게?"

"그게……."

"꼬라지 보아하니 여기 돈도 낼 것도 없어 보이는구만. 나간다. 술값은 내가 내마."

스윽 몸을 돌려서 나가는 전진만. 그는 나가다가 주머니에서 1만 원짜리 몇장을 꺼내서 계산대로 집어 던졌다.

"나머지는 가져, 아저씨."

그리고 문을 닫고 나가는 전진만.

그걸 본 송종환은 자신도 모르게 옆에 있는 물을 집어서 벌컥벌컥 들이켰다.

"이런 씨발……."

그의 입에서는 나지막한 욕이 흘러나왔다.

그가 그러는 사이 전진만은 근처에 있던 차로 다가와서는 뒷자석에 앉았다. 그러자 그 앞에 조수석에 있던 사람은 고개를 돌려서 그런 그를 바라보았다.

"좀 알아냈나?"

"네, 이름을 알아냈습니다."

그런데 신기하게도 그 조수석에 있던 사람은 송정한이었다. 그는 전진만에게 친근한 듯 말을 꺼냈고, 전진만은 고개를 끄덕거리면서 자신의 턱 아래를 잡아당겼다. 그러자 뭔가가 벗겨지면서 그의 진짜 얼굴이 나타났는데, 그것은 노형진이었다.

"이거 위험한 짓이 아니었나 모르겠군."

"위험해도 해 볼 만했습니다. 저 녀석이 범죄 사실을 자백하지는 않았지만 대충 눈치를 보니 그때 가담했던 것은 맞는 것 같더군요."

"그래?"

"네."

분명 노형진의 경고에 필요 이상으로 겁먹으면서 눈치를 살폈다. 즉, 그는 전진만이 한 뭔가를 알고 있다는 뜻이었다.

"그런데 그 녀석이 저렇게 꼬리를 말 거라는 것을 어떻게 안 건가?"

"그는 의존적 범죄자이니까요."

의존적 범죄자란 범죄를 저지르는 데 있어서 자신이 주도적으로 하기보다는 더 강력한 리더에게 따라가는 타입을 말한다.

"우리의 예상이 맞는 것 같습니다만 그렇다면 그 녀석은 전진만이 직접 살해하는 것을 봤을 겁니다. 아직까지 저 녀석의 전과에 상해는 있어도 살인은 없습니다. 즉, 자신이 살인할 정도의 깡은 없다는 거죠. 그런 사람은 앞에서 사람을 아무렇지도 않게 죽이는 리더형 범죄자가 있으면 기를 못 씁니다."

"그럼 자네가 한 행동은?"

"일반적인 리더적 범죄자들의 행동 패턴을 좀 따라 해 본 겁니다."

물론 리더적 범죄자도 뒤에서 조절하는 유형이나 폭력적인 유형, 지능형 유형같이 여러 가지 특징이 있다. 하지만 노형진은 전진만의 기록을 토대로 그가 안하무인이라는 점에 착안하여 그렇게 행동한 것이다.

"긴 시간을 함께 있었다면 알아차렸을지도 모르지만 시간이 짧았으니까요."

그와 함께 있었던 시간은 고작해야 5분 정도.

전진만을 봤다는 충격에서 벗어나기도 전에 노형진은 필요한 정보를 캐내고는 슬쩍 빠져나온 것이다.

"더군다나 25년이나 지났습니다. 조금 달라진 건 그렇게 짧은 시간 안에 이상함을 못 느끼죠."

"하긴 그렇겠군."

"그리고 저 녀석은 종속형입니다. 리더에 대해 절대적일 정도로 기대는 면이 있죠. 그게 과거의 인간이라고 하더라도 의심해서 반문하는 것은 못합니다."

"흠……."

절대적인 종속 관계. 그들의 관계는 그렇게 표현할 수 있다. 그런 관계는 특별한 이유가 발생하지 않는 한 깨지지는 않는다.

"그렇다면 그런 경우에 저 녀석이 불리한 진술을 할까?"

"안 하지요. 보통은 단 하나, 상대방이 배신했다는 사실을 알게 되면 모를까."

"배신?"

"네. 뭐, 떡밥은 던져 놨으니 그건 나중에 처리할 일입니다. 급한 건 다른 사람이죠. 규택이라고 하던데 찾을 수 있겠습니까?"

"어렵지 않을 겁니다. 아무리 학교가 사라졌다고 해도 그곳에 살던 사람의 모든 기록이 사라지는 것은 아니니까요."

노형진의 질문에 긍정적으로 대답한 고문학은 한마디를 더 보탰다.

"성이 있으면 확실해지겠지만."

"그 자리에서 성을 물어보면 의심할 수가 있어서 어쩔 수 없었습니다."

서로 아는 사이인데 성을 물어보면 의심받기 딱 좋은 상황이 되어 버린다. 그렇기 때문에 아쉽기는 하지만 성은 알아낼 수가 없었다.

"그래도 그다지 문제가 되지는 않을 겁니다. 그 나이대에 규택이라는 이름이 흔할 것 같지는 않으니까요."

더군다나 그 당시 큰 도시의 거대 학교도 아닌 만큼 그 또래를 찾아서 확인하면 어렵지 않게 찾을 수 있을지도 모른다.

"그럼 확인 좀 해 주십시오. 그 사람이 아마도 이번 사태의 카드가 될 테니까요."

"네."

그렇게 한 걸음씩 진실을 향해서 다가가기 시작했다.

이것이법이다.

함정 그리고 함정

"찾았습니다."

규택이라는 이름뿐이었지만 고문학은 어렵지 않게 규택이라는 사람을 찾을 수 있었다. 규택이라는 이름을 가진 사람은 얼마 되지 않았지만 정확하게 나이가 맞는 사람은 한 명밖에 없었기 때문이다.

"서규택이라."

"네, 기록에 따르면 재건축 이후에 시골로 이사했습니다. 송종환과 비슷하게 불우한 환경에서 자라기는 했습니다만 송종환처럼 전과가 있지는 않습니다."

같은 상황에 처한 두 사람. 그런데 한 명은 정상으로, 한 명은 범죄자로 자라났다. 참으로 묘한 인생이었다.

"그래서 지금은 뭐합니까?"

"제대로 된 삶은 살지 못하고 있습니다."

"제대로 된 삶을 살지 못한다?"

"네, 확인해 본 바에 따르면 심각한 대인공포증을 가지고 있으며 그 때문에 제대로 된 생활을 하지 못한 채로 거의 두문불출하며 지내고 있다고 합니다."

"대인공포증요?"

"네, 고등학교 때쯤 발병했다는데."

"혹시?"

"그럴 가능성이 높지요."

연쇄 살인마가 눈앞에서 사람을 죽이는 걸 보고 협박이나 생존을 위해서 그에 동참할 수밖에 없었다면 과연 사람은 어떤 반응을 보일까? 아마도 일반적으로는 서규택과 같은 반응을 보이는 것이 정상일 것이다.

"아마도 서규택은 일반적인 사람일 겁니다. 그리고 전진만 때문에 어쩔 수 없이 범죄에 연루되었을 거구요."

"그럼 어쩌면 사실에 대해서 말해 줄지도 모르겠군요."

"그럴 겁니다."

종속적인 사람이 아니라 단순히 겁먹은 사람이다. 그러니 잘 설득만 한다면 어쩌면 그는 진실을 이야기할지도 모른다.

"과연 쉽게 잘될까요?"

고문학은 걱정스럽게 말했다. 자신의 경험상 누군가 진실을 말하게 하는 것은 쉬운 일이 아니다. 더군다나 아주 오래 전이라면 더더욱 말이다.

"해 봐야지요. 시도조차 하지 않고 은폐하는 것보다는 최소한 시도하는 것이 세상을 바꾸는 열쇠가 될 테니까요."

결국 노형진이 선택할 수 있는 방향은 하나뿐이었다.

⚖️

"서규택 씨?"

25년. 한 시대가 바뀌기에 충분한 시간.

그 정도의 시간이 지났음에도 서규택의 사정은 하등 나아진 것이 없었다. 오래된 빌라. 그마저도 지하에 자리 잡은 그의 집.

그 앞에서 노형진은 서규택을 불렀다.

"서규택 씨, 계십니까?"

하지만 아무런 소리도 들리지 않았다.

"없는 거 아닌가?"

"글쎄요?"

없을 수도 있다. 하지만 고문학의 보고에 따르면 그는 심각한 대인공포증을 가지고 있다고 했다.

'그런 사람이 이런 대낮에 나가 있다?'

그건 말도 안 된다. 사람을 두려워하는 사람이 사람들이 활동하는 시간에 바깥으로 나간다니.

"잠시만요."

노형진은 바깥으로 나가서 지하에 나 있는 작은 창문에 손을 올렸다. 오래된 건물이라서 그런지 제대로 방열되지 않아서 그 안에서 흘러나오는 따뜻한 열기.

"안에 사람이 있는 모양입니다. 보일러가 틀어져 있군요."

"그런가?"

"네."

"만나기 힘들 거라 생각은 했지만 방법이 없어 보이는군."

변호사는 경찰이 아니다. 경찰도 무단으로 남의 집에 들어가려면 영장이 필요하다. 하물며 변호사가 무단으로 안으로 들어갈 수는 없다.

더군다나 현재 도움이 필요한 것은 노형진이다. 그런 상황에서 문을 강제로 따고 들어갔을 때 그가 과연 도와줄까? 그럴 가능성은 낮다.

"결국은 스스로 나오게 해야지요."

"하지만 무슨 수로 말인가? 나오라고 해도 나올 사람이 아닌데."

과거에 대한 공포 때문에 집 안으로 숨어 버린 사람이다. 그러니 나올 리가 없다.

하지만 노형진에게는 방법이 있었다.

"공포를 피해서 숨었다면 그 공포가 찾아온다고 생각하게 하면 됩니다."

"공포가 찾아온다?"

"네. 후후후."

노형진은 미소를 지으면서 문을 쾅쾅 두들겼다.

"서규택 씨, 안에 계신 거 압니다. 만일 나오지 않는다면 저희는 전진만 씨와 거래하는 수밖에 없습니다. 전진만 씨가 서규택 씨가 여기 계신 걸 알면 그다지 좋아하지 않을 텐데요?"

서규택은 전진만이 무서워서 그 안으로 숨어든 것이다. 그런데 전진만이 진짜로 찾아온다고 하면 어떤 생각이 들까?

"과거에 무슨 일이 있었는지 모르지는 않을 테고 전진만에게 협상을 걸었을 때 저희는 서규택 씨의 도움이 있었다고 기꺼이 말씀드릴 수 있습니다만?"

노형진은 거기까지 말하고 잠시 기다렸다. 그러자 잠시 후 철컥거리는 소리와 함께 문이 빼꼼 열렸다.

"서규택 씨?"

살짝 열린 문 너머로 보이는 더러운 머리카락과 핏발이 선 눈으로 서 있는 남자가 보였다. 그의 눈에는 공포가 가득했다.

"무슨 소리입니까?"

"모르셨습니까? 전진만 씨는 한국으로 돌아오고 싶어 하십니다. 물론 그 과정에 약간의 정리가 필요하지요. 친구분인 송종환 씨가 말씀해 주지 않으시던가요?"

"소…… 송종환요? 그 녀석과 연락하지 않은 지가 몇 년째

인데…….."

"그래요? 얼마 전에 송종환 씨가 소위 말하는 정리가 될 뻔한 거 모르셨습니까? 그래서 그분이 이를 갈고 있지요."

그 좁은 틈으로 서규택이 침을 꿀꺽 삼키는 것이 보였다. 하긴 그는 전진만과 송종환이 어떤 인간인지 알고 있으니 절대 농담으로 들리지 않을 것이다.

"어떻습니까? 우리를 도와주고 자유로워지시겠습니까, 아니면 저희가 그쪽과 협상하게 만드실 겁니까?"

"……."

"거절하신다면야."

노형진은 주저하지 않고 몸을 돌렸다. 그러자 그걸 본 서규택은 다급해졌다.

"잠시만요! 열어 드리겠습니다!"

다시 문이 잠기고 몇 번의 철컥 소리가 들리고 나서야 문이 열렸다. 그렇게 집 안에 들어간 노형진과 송정한은 기가 막힌 표정을 지었다.

'도대체 자물쇠가 몇 개야?'

보통 자물쇠는 보통 두 개, 많아야 세 개 정도다. 그런데 서규택의 현관문에 달린 자물쇠는 족히 열 개는 되어 보였다.

"그 말이 사실입니까? 전진만이 한국을 들어온다고요?"

"네, 그는 한국에 다시 돌아오고 싶어 합니다."

"왜…… 왜 돌아온답니까? 그곳에서 살 것이지."

서규택은 와들와들 떨었다. 웃으면서 살려 달라고 비는 여자들의 목을 조르는 미소 띤 얼굴은 수십 년이 지난 지금도 밤마다 그의 꿈에 나타나서 그를 괴롭히고 있었다. 그런데 그런 놈이 다시 한국에 돌아온단다.

"글쎄요. 모르지요. 하지만 한 가지는 확실합니다. 그 사람은 과거를 확실하게 지워 버리고 싶어 하더군요."

"……."

"그리고 그 확실하게 지우는 방법은 그가 즐기는 방법이지요."

"……."

무슨 방법인지 말하지 않았지만 서규택은 그 방법에 대해서 어렵지 않게 추론해 낼 수 있었다. 그것 말고는 확실하게 처리하는 방법이 없기 때문이다.

"송종환은 그를 만났다고요?"

"네."

"그…… 그런……."

송종환은 어려서부터 그를 위해서라면 목숨이라도 바칠 수 있다고 하던 녀석이다. 물론 벌써 본 지가 수십 년이 지났다고 하지만 자신이 아는 송종환은 그러고도 남을 사람이다. 실제로도 송종환은 그 모든 범죄에 있어서 주도적인 역할을 담당했다.

"그런데 왜 절 찾아오신 겁니까?"

"왜라고 생각하십니까? 우리는 진실을 압니다. 다만 그걸 확실하게 하고 싶은 것뿐입니다."

"난 모릅니다. 그런 것에 대해서 전혀 몰라요. 그런 일이 있었는지 기억도 안 납니다."

"우리는 진실을 안다고 했지, 무슨 일이라고는 말 안 했습니다. 아무래도 신기라도 있나 봅니다, 말씀드리지 않아도 다 아시는 걸 보니."

입을 꾹 다무는 서규택.

"물론 가만히 있는 것도 방법이지요. 하지만 그런다고 과거가 따라오지 않는 건 아닙니다. 지금쯤이면 느끼셨을 텐데요?"

노형진은 지하 방을 보면서 중얼거렸다.

좁고 퀴퀴한 냄새가 나는 지하의 좁은 방. 이곳의 서규택의 세계다. 과거에게 잡아먹혀 버린 남자의 마지막 안식처.

'미안하지만.'

자신의 의뢰인을 위해서라도 노형진은 그의 세계를 깨 버려야 한다. 그 과정에서 서규택이 충격을 받을 수도 있겠지만 충격 없이 자신만의 세계에서 나갈 수는 없다. 자신의 세계를 직접 깨는 사람만이 세상으로 나갈 수 있는 것이다.

"무슨 일이 있는지 압니다. 우리가 요구하는 건 간단합니다. 진실. 그거면 됩니다. 당신도 진실을 알려야 이 상황에서 벗어날 수 있을 것 같은데요?"

노형진의 말에 서규택은 한참 입을 다물고 있다가 힘들게 입을 열었다.

"진실요? 그걸 말한다고 뭐가 바뀐답니까? 진실을 말하면? 그 후에는요? 제가 뭐가 나아진다는 건가요? 결국 주소지가 여기에서 감옥으로 옮겨지는 것밖에 더 있지 않습니까? 여기는 그나마 온전한 제 공간입니다. 하지만 감옥은 그마저도 아니죠."

그는 절망적으로 고개를 푹 숙였다.

"아니오. 진실을 밝힌다고 해서 당신이 감옥에 들어가지는 않습니다. 도리어 진짜 피해자들인 가족들에게 용서받을 수 있는 기회가 될 수도 있지요."

"제가 감옥에 안 간다고요? 말이나 되는 소리를 하세요……. 난…… 난……."

사람을 직접 죽이지 않았다고 해도 그걸 보고만 있었다. 명백하게 살인의 종범인 것이다.

"압니다. 무슨 일이 있었는지. 그리고 누가 범인인지. 하지만 그렇다고 해도 당신은 감옥에 안 갑니다."

"누가 그래요?"

"제가 그럽니다. 아니다, 정부의 법이 그래요."

모든 사건에는 공소시효라는 것이 있다. 그리고 경찰은 공소시효가 지난 사건에 대해서는 더 이상 수사하지 않는다.

"우리는 경찰이 아닙니다. 우리로서는 당신을 처벌할 권한이 없지요. 그리고 현재 공소시효는 25년이지만 25년 전에는 공소시효가 15년이었습니다. 즉, 당신을 법적으로 처벌할 수 있는 어떤 것도 없습니다."

"……!"

생각지도 못한 노형진의 말에 서규택은 고개를 번쩍 들었다. 자신은 세상이 두려워서 나가지 못한 채로 스스로 이곳에 갇혀 있었다. 그런데 공소시효는 끝났고 자신이 처벌받을 수 있는 시점이 지났다니?

"뭐라고요?"

"말 그대로입니다. 공소시효는 지났고 당신은 자유입니다. 하지만 그 전에 스스로의 감옥에서 벗어나기 위해서는 당신 스스로 나가야 합니다."

"자유……."

지난 25년간 들어 본 적이 없는 말이었다. 제대로 한 발자국 나가는 것도 힘들었고 언제 경찰이 들이닥치는 것이 아닌지 무서웠다. 그런데 이제는 자유라니.

"오늘은 춥기는 하지만 날씨가 좋더군요."

"날씨?"

무슨 뜬금없는 말인지 모르겠다는 표정이 되는 두 사람. 하지만 노형진은 그냥 꺼낸 말이 아니었다.

"마지막으로 햇볕을 느껴 본 게 언제인가요?"

"햇볕……."

기억도 안 난다. 애초에 사람들과 함께 같은 공간에 있었던 기억조차도 가물가물하다. 자신이 접촉하는 유일한 사람은 가끔 먹을 것을 가져다주는 가족들뿐이다.

"내가…… 나갈 수 있다고요?"

"하지만 당신 스스로 가둬 둔 세계에서 나가야 합니다. 그러기 위해서는 당신의 증언이 필요하고요."

"그……."

노형진의 말에 서규택은 침을 꿀꺽 삼켰다. 지금까지 단한 번도 제대로 생각해 본 적이 없는 자유라는 말이 오늘따라 너무 무겁게 다가왔다.

"자유……."

"자유를 위해서라도 당신이 진실을 알려야 합니다."

서규택에 얼굴에 가득한 자유에 대한 열망 그리고 뭔지 모를 용기.

'당근은 이쯤이 적당하겠지?'

노형진은 그의 편이 아니다. 공소시효를 말한 이상 그가 진실을 말하든 하지 않든 그는 세상으로 나갈 수 있다. 하지만 노형진은 그에게 당근만 줄 생각은 없었다.

"물론 당신이 거절할 수도 있습니다. 하지만 그렇게 된다면 당신의 세계는 박살 날 수도 있습니다."

"뭐라고요?"

"우리는 당신이 무슨 일을 했는지 압니다. 그리고 피해자들은 그걸 모르고 있지요. 물론 당신은 형사처벌을 받지 않습니다. 하지만 민사적 손해배상을 받을 수 있지요."

"민사적 손해배상?"

"네, 모든 것을 빼앗긴 채로 길바닥에서 삶을 이어 가야 한다는 겁니다."

서규택은 새파랗게 질리기 시작했다. 아무리 노형진이 그가 이제는 처벌받지 않는다고 말했다 하더라도, 그래서 문득 자유가 그리워졌다고 하더라도 그는 수십 년간 제대로 바깥에 나가 본 적이 없는 사람이다. 그런 사람이 길바닥으로 쫓겨난다는데 두려워하지 않을 리 없다.

"그리고 그건 우리가 할 수 있는 부분이지요. 우리는 경찰은 아닙니다. 형사처벌을 할 수 없지요. 하지만 우리는 변호사입니다. 희생자 가족들에게 말해서 민사를 걸 순 있습니다."

"으으으……."

"당신에게 기회를 줄 수 있습니다. 하지만 당신이 기회를 거부한다면 우리는 우리의 규칙대로 움직일 수밖에 없습니다. 권주를 받을 것이냐 벌주를 받을 것이냐, 그건 당신에게 달렸습니다."

"으으으……."

서규택의 눈동자가 격하게 흔들리기 시작했다. 방금 전까지만 해도 천사로 보이던 노형진이 갑자기 악마가 된 것처럼 느껴졌다.

"뭘 선택하든 그건 당신 마음입니다만."

하지만 그 결과 역시 그의 책임이다. 그리고 그 결과는 너무나도 뻔했다.

"결국 선택할 만한 카드가 하나뿐이잖습니까!"

"그렇게 느끼신다면 그건 하나밖에 없는 거지요."

"……."

그는 애써 눈동자를 돌렸다. 해결책을 찾아보려고 하는 것이리라. 하지만 그는 벌써 25년이나 세상과 담을 쌓고 지내왔다. 뭔가 나올 리가 만무했다.

"그러면 전진만은 어떻게 하라는 겁니까! 결국 나보고 진실을 말하라는 건 그를 처벌하겠다는 건데 공소시효가 지났으면 그 녀석도 지난 거 아닌가요?"

그는 최대한 노력해서 말한 게 그거였다. 하지만 노형진이 그 정도도 예상하지 못할 사람이 아니었다.

"아니오. 전진만은 사건 이후에 미국으로 도피했지요. 그리고 지금까지 들어오지 않았습니다. 그런 경우에는 공소시효가 중지됩니다. 즉, 그의 공소시효는 끝나지 않았지요."

"……."

그가 한국으로 들어오게 된다면 그를 그냥 둘 수는 없다. 당연히 그 벌을 받게 만들어야 한다.

"당신이 선택하십시오. 과거와 함께 몰락할 것인지, 아니면 새로운 미래를 위해서 고발할 것인지."

"……."

서규택은 아무 말도 하지 않았지만 결국 그가 선택할 수 있는 카드는 하나뿐이었다.

⚖️

　"다 좋은데 말이야, 자네가 말하는 모든 것에 한 가지 문제가 있는 거 알지?"

　결국 서규택은 노형진에게 도움을 주겠노라고, 대신에 민사에 대해 최대한 선처해 달라고 했다. 그를 몰락시킬 수 있는 단 한 사람이 바로 노형진이었기 때문에 그에게는 선택할 만한 카드가 하나밖에 없었다.

　"어떤 문제요?"

　"전진만 말이야."

　그 모든 것이 다 전진만이 한국으로 들어왔을 때 가능한 것이다. 그는 미국 영주권을 가지고 있다. 그러므로 자발적으로 한국에 들어오기 전에는 강제로 추방할 수가 없다.

　"그 녀석이 과연 한국으로 올까? 노 변호사가 송종환이랑 서규택한테 그 녀석이 한국으로 들어올 거라고 하지 않았나. 그런데 생각해 보면 그 녀석이 여기 올 이유가 없거든."

　이미 미국에서 영주권을 따서 잘 자리 잡고 살고 있다. 더군다나 과거에는 엄청난 권력을 가지고 사건을 조작할 정도로 힘을 가지고 있던 그의 아버지 역시 역사의 흐름에 따라서 말 그대로 선 끊어진 연처럼 바닥에 떨어진 상황이다. 즉,

과거처럼 권력을 가지고 있는 것도 아닌 것이다.

"이런 상황에서 녀석이 여기까지 오겠어?"

"오지 않겠지요."

"그럼 어쩌려고? 자네는 두 사람한테 그 녀석이 여기 온다고 한 거야?"

이 모든 것은 그 녀석이 한국으로 입국하지 않으면 의미가 없는 것이다.

"그러니까 오게 만들어야지요."

"오게 만들다니? 인도 조약을 이용하려고? 과연 쉬울까? 설사 그렇다고 해도 도망갈 텐데."

물론 미국은 한국과 범죄인인도 조약이 되어 있으니 잡는다면 넘겨주겠지만 그 넓은 미국 땅에서 도망 다니면 언제 잡힐지는 요원한 일이다.

더군다나 돈만 있으면 가짜 신분을 가지고 살기 쉬운 것도 사실인 만큼 그 녀석이 가짜 신분으로 살면 대책이 서지 않는다.

"그건 기대도 안 합니다. 솔직히 그거 있다고 해도 그쪽에서 오기 싫어서 소송을 걸면 몇 년이 걸릴지도 모르잖습니까?"

"그건 그렇지."

미국 땅에서 잡혔다고 바로 한국으로 넘어오는 것도 아니다. 잡힌 뒤 별의별 핑계를 대면서 소송을 걸면 그때까지 그 녀석은 미국에서 남아 있을 수 있다.

"결국 그를 잡는 가장 확실한 방법은 그 녀석이 한국으로 돌아오게 만드는 겁니다."

"그러니까 그 녀석을 어떻게 돌아오게 만들 건데?"

"그런 말 아십니까?"

"어떤 말?"

"제 버릇을 개는 못 준다는 말요."

"무슨 말이야?

노형진의 말에 송정한은 고개를 갸웃할 뿐이었다.

"흠……."

전진만은 뒤를 흘끗 보고는 자신도 모르게 침을 꿀꺽 삼켰다.

'이런 씨발…….'

얼마 전부터 눈에 거슬리는 몇 대의 차량들.

물론 미국이라는 나라가 흔하게 차가 널려 있는 곳이니만큼 이상할 것이 없다고 볼 수도 있지만 한편으로는 찝찝한 것이 같은 차가 자꾸 보인다는 것이었다.

'뭐지?'

그는 주위 상황에 대한 눈치가 빠른 편이었다. 그래서 얼마 전부터 정체 모를 차량들이 회사나 집 근처에 있는 것을 느끼고 있었다.

"무슨 일이야?"

"별거 아니야."

그는 그렇게 말하면서 슬쩍 몸을 돌려서 그 차로 다가가기 시작했다. 그러자 그 자동차는 급하게 시동을 걸더니 '부웅' 하는 소리와 함께 주차장을 나갔다.

'역시.'

이곳은 회사 주차장이다. 그것도 직원용 주차장.

이 시간에는 모두 근무하기에 그가 다가간다고 해서 움직일 리가 없다.

'영 꺼림칙해.'

그 차들이 영 꺼림칙한 이유는 그 차들이 다른 차들과 다르게 선팅이 무척이나 강하게 되어 있다는 것이다.

물론 미국, 그것도 햇빛이 강하기로 소문난 남부인 만큼 강한 선팅을 한 차량이 없으라는 법은 없지만 그렇게 하기에는 차의 모델이 너무 흔한 모델이었다.

'더군다나 SUV라니.'

흔하게 나오는 SUV에 선팅 그리고 그 안에서 자신을 감시하는 사람들. 그건 한 가지를 뜻하고 있었다.

'젠장…… 어떻게 안 거지? 시체는 완벽하게 처리했는데.'

연쇄 살인. 그건 고칠 수 있는 질병 같은 게 아니다. 한번 시작되면 멈출 수 없는 일종의 정신병이다.

당연히 미국으로 왔다고 해서 그가 갑자기 개과천선해서 멀쩡하게 살아갈 리 없다.

"어이, 미스터 전."

"네?"

그가 차가 떠나간 장소를 바라보다가 안으로 들어왔을 때 그를 기다린 것은 심각한 얼굴을 하고 있는 자신의 팀장이었다.

"미스터 전, 혹시 자네 뭐 실수한 거 있나?"

"무슨 말씀이신지?"

"요즘 어떤 사람들이 자네에 대해 묻고 다닌다고 하던데?"

"저에 대해서요?"

"그래, 신분은 안 밝히고 말이야. 혹시 알아?"

"글쎄요? 전 잘 모르겠는데요?"

전진만을 고개를 돌려서 모른 척했다. 그리고 팀장도 그다지 이상하게 생각하지 않았다. 어찌 되었건 전진만은 그의 팀에서 일을 가장 잘하는 팀원이었기 때문이다.

"조심하게 사기를 치고 다니는 녀석도 있으니까."

"네."

"그럼 바로 일 시작하지."

팀장은 대수롭지 않게 생각하는 듯했지만 전진만의 심장은 미친 듯이 뛰고 있었다.

⚖️

"여보."

"응?"

전진만은 안으로 들어와서는 아내가 부르자 자신도 모르게 가슴이 철렁했다.

"왜?"

"요즘 경찰이 이 주변을 돌아다니나 봐요."

"경찰이? 왜?"

"실종자를 찾는다는데요?"

"실종자를?"

그는 심장이 무너지는 듯했지만 애써 태연하게 반문했다.

"실종자가 한두 명인가? 여기는 미국이야."

"그렇기는 하죠. 그런데 이번에는 좀 특이하네요. 20세에서 30세 사이 동양인 여성이래요."

"뭐라고!"

"왜 그렇게 소리를 질러요?"

"아…… 아니야. 그냥…… 누가 생각나서. 경찰이 뭐랬는데?"

"이 주변에서 20대에서 30대 사이에 동양인 여성이 실종된 걸 찾는데요. 그리고 보면 옆집에 살던 안나랑 저기 한 블록 너머에 살던 대경 씨 딸도 실종되었잖아요."

전진만은 침을 꿀꺽 삼켰다.

"그 당시에는 가출로 처리되었는데 말이죠."

"가출일 거야."

"그런데 경찰이 다니는 걸 보니 영 기분이 찝찝하네요."

"별일 있겠어?"

그렇게 말하면서도 전진만은 너무 심장이 떨려서 서 있기도 힘들 지경이었다.

"왜 그래요?"

"별거 아냐. 그래서 뭐라는데?"

"뭘요?"

"경찰이 뭐라고 하냐고."

"저한테는 별말 안 했어요."

"안 했다고?"

"네, 그러고 보니 이상하네."

"뭐가?"

"이 주변에 다 물어보고 다니는 것 같은데 정작 우리 집에 안 왔네요. 나 없을 때 왔다 갔나?"

"우…… 우리 집에 안 왔다고?"

"네, 주변 동네 사람들한테 들은 거라. 어머, 여보? 왜 그렇게 식은땀을 흘려요?"

"아니야, 몸이 안 좋아서."

전진만은 직감적으로 일이 글러 먹었다는 것을 알아차렸다. 자신의 집에만 안 오는 경찰이라니, 이 무슨 말도 안 되는 상황이란 말인가?

'어디서 걸린 거지? 걸릴 만한 것이 없었는데?'

그건 확실하지 않았다. 하지만 경찰 그리고 눈치를 봐서는

FBI까지 자신을 추적하는 것이 확실했다.

"연쇄 살인범이라니, 어디 무서워서 살겠어요? 여보, 왜 그래요?"

"아니야……. 몸살 기운이 좀 있나 봐."

그는 애써 둘러대면서 위층으로 올라갔다.

"난 가서 쉴 테니까 무슨 일 있으면 불러. 저녁 생각은 없어."

"알았어요."

대수롭지 않게 멀어지는 아내를 보면서 전진만은 이를 뿌드득 갈았다.

'씨발…….'

그는 올라오자마자 전화기를 들어서 팀장님에게 전화를 걸었다.

─이 시간에 어쩐 일이야, 미스터 전?"

"팀장님, 혹시 저에 대해서 캐물었다는 녀석들 말입니다, 뭐 물어봤나요?"

─글쎄? 별건 없었던 것 같은데? 사회생활이나 일에 대한 적응성이나……. 스카우터인가 했는데?

"아니오……. 그건 아닌 것 같아서요."

─그래? 흠…… 이상하네……. 대부분 업무 관련이더라고. 뭐, 내가 팀장이기는 하지만 이 회사가 오래 다닐 곳은 아니잖아. 그래서 스카우트라도 하려나 보다 했지.

"그럼 그런 것만 물어봤나요?"

—어디에 출장을 다녀왔냐고도 물어봤던 것 같아.

"출장요?"

—그래.

"아…… 알겠습니다."

—미스터 전, 무슨 일이야? 목소리가…….

하지만 전진만은 더 이상 통화하지 않고 바로 전화를 끊어
버렸다. 그러고는 머리를 부여잡았다.

"씨발……."

그동안 감춰 왔던 비밀이 탄로 날지도 모른다는 생각에 그
는 부들부들 떨고 있었다.

⚖

"어떻게 생각하십니까?"

"잘하셨네요."

노형진은 멀리 떨어진 집에서 그를 보면서 피식 웃었다.
망원경을 통해 머리를 부여잡고 고민하는 전진만의 모습이
보였던 것이다.

"뭐, 경찰의 추적을 받고 있다고 생각하도록 하는 것은 어
려운 일이 아니지요."

갈색 머리카락을 가진 남자는 어깨를 으쓱했다.

그는 미국에서 일종의 해결사처럼 활동하는 사람이었다.

미국은 한국과 다르게 사설탐정이 합법이다. 그래서 사설탐정은 활동하면서 이런저런 일도 함께한다. 노형진은 그중에서 자신이 기억하는 가장 능력 있는 사람을 고용한 것이다.

"그나저나 저 녀석 행동을 보면 켕기는 게 있기는 한 것 같은데…… 연쇄 살인입니까?"

"어떻게 아셨습니까?"

"뻔하죠. 20대에서 30대, 여성, 동양인, 실종자 수색, 출장 장소 확인. 이 모든 게 연결되면 한 가지 결론밖에 안 나오거든요."

데이비스는 망원경에서 눈을 떼면서 말했다.

"이런 사건을 하다 보면 수많은 범죄자들을 만나기 마련이니까요."

"하긴 그렇겠네요. 네, 맞습니다. 연쇄 살인을 추정하고 있지요. 다만 꼬리를 잡지 못해서요."

"흔들어 볼 생각이신 거군요."

"네."

살인범들은 자신들만의 취향이 있다. 특히 여성을 대상으로 한 연쇄 살인범들은 그런 것에 무척이나 예민하다.

'그리고 그 녀석의 취향은 이미 알고 있지.'

한국에서 살인했다, 그것도 다섯 번이나. 그때는 어려서 시체 처리법을 제대로 알지 못했을지 모르지만 사람이 성장하면서 많은 것을 배우기 마련이다. 설사 그게 살인이라고 해도 말이다.

"그러면 얼마나 될까요?"

"모르겠습니다."

연쇄 살인이라는 말에 데이비스는 심각한 얼굴이 되었다.

전 세계 어디에서도 연쇄 살인을 쉽게 대하지는 않는다. 특히 미국은 더더욱 심각하게 대한다. 도리어 쉽게 대하는 것은 미국이 아니라 한국이다. 한국은 사람을 죽여서 토막 내도 30년이면 풀려나는 나라다.

'그렇게 둘 수는 없지.'

그래서 노형진은 처음부터 끝까지 치밀하게 계획을 짜고 있었다.

"이대로 두면 도망갈 텐데요?"

"당연히 가겠지요."

"네?"

"그게 목적입니다. 저 녀석이 갈 곳은 뻔하거든요."

"……?"

"그런 게 있습니다. 하지만 그 전에 확실하게 하기 위해서는 미국에서 확실하게 처리해야겠지요. 제가 부탁한 것은 가지고 왔습니까?"

"네, 그걸 구하는 것은 어려운 일이 아니니까요."

그는 한 뭉치의 서류를 건넸다. 그건 해당 지금까지 전진만이 출장을 간 지역에서 동일한 시점에 실종된 여자들에 대한 기록이었다.

"확실하군요."

노형진은 그 기록을 보면서 그가 아직까지 그 버릇을 고치지 못했다는 사실을 알아차렸다.

그가 출장을 가는 곳에서 동일한 시점에 실종된 여자만 여든 명이었다. 그것도 20대에서 30대 여성만.

그중에서는 시체가 발견된 적도 있었지만 이상하게도 강간의 흔적은 없는데 유전적인 증거는 전혀 남아 있지 않았다.

"그나저나 저 여자도 불쌍하군요."

"네?"

데이비스는 망원경 너머로 보이는 전진만의 아내를 보면서 중얼거렸다.

"결혼했는데 남자는 성 불구인 데다가 알고 보니 연쇄 살인범이라니."

노형진은 피식 웃었다.

"그녀로서는 땡잡았을걸요?"

"네? 왜요?"

"뭐, 원래 남자 집안이 워낙 대단해서 팔리다시피 결혼했을 테지만 애정 있는 결혼이었겠습니까? 그 상황에서 남자가 고자라니, 여자가 무슨 생각을 했겠습니까?"

데이비스는 피식 웃었다. 맞는 말이기 때문이다. 일반적인 여자들이라면 어떻게 해서든 이혼할 것이다.

"그리고 연쇄 살인범이라면 아주 당당하게 이혼할 수 있지요. 더군다나 전 재산을 가지고 말입니다."

"그런가요?"

"네."

노형진은 피식 웃으면서 서류를 정리했다.

"그럼 마지막 정리를 해야겠군요."

노형진은 정리한 파일을 다시 봉투에 집어넣었다.

"이제는 한국으로 돌아갈 시간입니다. 후후후."

⚖

"후우."

전진만은 일을 할 수가 없었다. 도무지 집중되지 않았다.

"왜 그래, 미스터 전?"

"아닙니다. 몸이 안 좋아서."

"차라리 병가라도 내지그래?"

"그래야겠네요."

그는 여기서 있으면 더 의심받을지도 모른다는 생각에 집으로 가기 위해 일어나려고 했다.

"미스터 전, 전화 왔어요."

"전화?"

막 일어나는 시점에 전화가 왔기 때문에 전진만은 눈을 찡

그리면서 전화를 받아 들었다.

"네, 전진만입니다."

―반갑습니다. 여기는 FBI 사무실입니다.

"네?"

무심결에 받은 너머에서 들려오는 목소리에 전진만은 당황한 듯 부들부들 떨기 시작했다.

―사실 확인하고 싶은 게 있어서 전화드렸습니다. 여기에 와 주실 수 있겠습니까?

"그…… 그게……. 언제 가면 되나요?"

―내일 오후 2시까지 와 주시면 됩니다.

"알겠습니다……."

그는 짧은 대화를 마치고 전화를 끊었다. 하지만 그 짧은 사이에 그의 얼굴은 땀으로 범벅이 되어 있었다.

"미스터 전? 왜 그래요?"

"아닙니다."

그는 애써 마음을 진정시키려고 했지만 그렇게 될 리가 없었다.

'어쩌지? 알아챈 거야. 그러니까 날 오라고 하는 거겠지? 출두해? 씨발…… 출두해서 뭐라고 할 거야? 내가 죽였습니다?'

물론 FBI는 그가 연쇄 살인범이라고 확신하고 있는 것은 아니었다. 데이비스는 모든 실력 있는 탐정이 그렇듯이 내부에 라인이 있었고, 그 라인을 통해 정리된 서류를 주면서 의심스러우니 한번 전화 좀 달라고 한 것뿐이었다.

그의 입장에서는 잡으면 좋고 아니면 말라는 생각으로 한 것뿐이지만 그동안 주변에서 감시받아 온 전진만의 입장에 서는 절대로 그런 게 아니었다.

'당장 튀어야 해……. 아내는? 씨발, 알 게 뭐야……. 하지 만 어디로 가지? 당장 어디로 가느냔 말이야.'

그는 그 순간 한 곳이 생각이 났다.

고향.

그곳에서 아버지는 막대한 권력을 가진 사람이었다.

물론 정권이 바뀌면서 집안이 많이 몰락했지만 썩어도 준 치라고 했다. 아직까지 아버지와 연이 닿아 있는 사람들 중 일부는 높은 자리를 차지하고 있었다. 더군다나 그곳에서 벌 인 사건은 공소시효가 벌써 한참 전에 끝난 상황.

"전 이만 가 보겠습니다."

"미스터 저! 어디 가요?"

하지만 사람들이 뭐라고 하든 그는 다급하게 공항으로 내 달리기 시작했다.

⚖️

"전진만이 입국했답니다."

미리 한국에 들어와 있던 노형진은 계획대로 움직이는 전진만의 소식에 피식 웃었다.

"그럴 거라 생각했습니다. 그가 갈 만한 곳은 한국뿐이거든요."

"그런데 왜 그 녀석이 한국에 온 겁니까?"

"제가 미국에 가서 장난을 좀 쳤거든요."

미국에서 그런 범죄를 저지른 것이 발각되면 빼도 박도 못하고 전기의자형이다. 그러니 당연히 도망가려고 할 텐데, 그가 도망갈 수 있는 곳 중에서 안전을 확보할 수 있는 곳은 대한민국뿐이었다.

'뭐, 지금쯤이면 미국에서도 뭔가 이상하다고 생각하겠지.'

FBI가 바보는 아니다. 간단한 호출 부탁에 제대로 말도 안 하고 한국으로 튀어 버린 녀석인 만큼 의심하게 될 테고, 그의 행적을 조사하면서 자신이 준 서류와 비교하면 그가 연쇄 살인범이라는 사실을 어렵지 않게 알아낼 것이다.

"그럴 거면 미국에서 처벌받게 하는 게 더 좋지 않았을까?"

송정한은 불만스러운 얼굴이었다. 그럴 수밖에 없다. 여기는 처벌이 약하니까.

"우리는 정의를 지키는 게 아니라 의뢰인을 꺼내는 것이 목적입니다."

"끄응…… 그렇지."

"그리고 이번에는 아마 그렇게 처벌이 약하지는 않을 겁니다."

"어떻게 그렇게 잘 아나? 벌써 25년 전 사건일세."

"압니다. 하지만 이번에는 그 녀석이 자수할지도 모르지요."

"허? 자수?"

"네."

"그게 무슨······?"

"그런 게 있습니다. 하하하."

노형진의 웃음에 송정한은 고개를 갸웃하면서 이해하지 못하겠다는 얼굴을 하는 수밖에 없었다.

진퇴양난이 뭔지 알아?

"이게 무슨 말도 안 되는 소리야!"

전진만의 아버지인 전상무는 길길이 날뛰고 있었다.

"왜 미국에서 온 거냐!"

"이참에 한국에서 아버지를 모시고 살까 해서……."

"말이 되는 소리를 해? 갑자기 날 모시고 살겠다고? 자기 처도 버리고 회사에 말도 안 하고 갑자기 한국을 와? 이 아비가 바보인 줄 아느냐!"

하지만 전진만은 말을 할 수가 없었다. 그리고 전상무는 그걸 보면서 점점 얼굴을 일그러트리기 시작했다.

"너 이 새끼…… 거기서 무슨 짓을 한 거야?"

문득 25년 전 일이 기억나면서 그는 등골이 오싹해졌다.

그 당시 그는 모든 힘을 다해 그 사건을 덮었다. 그 과정에서 전혀 엉뚱한 사람을 제물로 바치기까지 했다. 그런데 그렇게 도피시킨 녀석이 다시 한국에 들어오다니.

"딱히 한 건 없습니다."

"딱히 한 게 없다고? 그런 녀석이 왜 갑자기 한국으로 도망치듯 들어온단 말이냐!"

"그냥 약간의 오해가……."

전진만은 길길이 날뛰는 아버지를 보면서 침을 꿀꺽 삼켰다. 자신이 절대로 이길 수 없는 존재. 남성적인 부분을 닮고 싶은 사람. 하지만 절대로 그럴 수 없는 존재. 아버지.

"그냥 한국에 쉬러 들어온 거니까 걱정하지 마세요."

그는 애써 그렇게 말하고 있었지만 전상무는 그렇게 생각하지 않았다.

"이런 망할 놈"

"……."

"당분간 본가에서 지내라. 내 처가에는 잘 말해 보마."

전상무는 분노에 찬 얼굴로 바깥으로 나갔고, 전진만은 고개를 숙인 채로 고개를 푹 숙일 수밖에 없었다.

⚖

"전진만…… 너 이 새끼."

이것이 법이다

멍이 시퍼렇게 멍든 얼굴을 한 송종환은 문에서 나오는 전진만을 바라보았다.

"진짜였구나."

얼마 전, 그가 집에서 나오는 순간 건장한 남자들이 갑자기 자신을 끌고 강제로 봉고에 태웠다. 그 과정에서 저항했지만 돌아온 것은 구타뿐이었다.

'그때 사고가 안 났더라면…….'

막 코너를 도는 순간 사고가 나서 그 틈에 탈출하지 않았다면 자신은 아마 어디서 죽어도 이상하지 않았을 것이다.

'그때 그 이야기가…….'

자신이 들어오기 위해서는 정리가 필요하다는 그의 말.

물론 노형진이 한 말이었지만 송종환은 지금 그 말의 뜻을 알것 같았다.

"망할 놈의 새끼."

원래 인간이라는 존재는 믿음을 줬던 사람에게 배신당하면 더 강하게 분노하기 마련이다.

물론 누군가 짰다고 생각할 수도 있었다. 하지만 수십 년간 안 들어오던 인간이 들어오고, 그것도 모자라서 동시에 자신에 대한 린치가 가해졌다.

생각해 보면 그가 자리를 잡기 위해서는 분명히 과거를 정리할 필요가 있었다. 그리고 평생을 범죄자로서 살아온 그로서는 그 방법은 하나밖에 생각나지 않았다.

"언젠가 네놈에게 복수하리라."

송종환은 보디가드의 경호를 받는 전진만을 보고 이를 갈 뿐이었다.

같은 시각, 좀 떨어진 차량에서 서규택은 그 모습을 카메라로 보고 있었다.

"이게……."

"제 말을 이제 믿으시겠습니까?"

한국으로 들어온 전진만. 숨어서 전진만을 바라보면서 이만 박박 갈고 있는 송종환. 그리고 전진만을 밀착 경호하는 경호원들. 그 모든 것이 송정한이 말한 대로였다.

"어떻게 생각하십니까?"

"맞군요……. 진짜로 전진만이 돌아왔어요……."

서규택은 자신도 모르게 부들부들 떨었다. 지난 수십 년간 잊고 있었던 그 모든 사건이 생각하면서 새로운 공포가 밀려왔다.

"정신 차리세요. 이대로 물러나면 당신의 인생은 끝입니다. 그냥 표현적인 게 아니라 진짜라고요."

"으으으……."

서규택은 어떻게 해서든 정신을 차리려고 노력했다.

송종환이 전진만을 지극히 따랐던 것은 알고 있다. 자신은 그가 떠나고 재개발이 시작되면서 기회라 생각하고 연락을 끊었다. 하지만 송종환이라면 그러지 않고 끝까지 연락을 주고받았을 수도 있다.

'그런데도 정리하려고 한다는 건······.'

전진만이 피도 눈물도 없는 녀석이라는 뜻이다. 하긴 사람을 웃으면 죽이는 모습에서 제정신이 아니라는 것쯤은 알고 있었다.

"마음의 결정은 하셨습니까?"

"네."

서규택은 마음의 결정을 하고는 고개를 끄덕거렸다.

"그럼 내일 바로 시작하지요."

노형진은 그런 그를 다독거리면서도 마음 한구석에서는 승리의 미소를 짓고 있었다.

⚖

25년간 은폐되어 있던 비밀이 밝혀지다

정부 차원에서 은폐된 살인의 비밀

얼마 후 대한민국 언론은 한 가지 소식으로 엄청나게 큰 난리가 났다. 25년 전에 억울한 사람을 감옥으로 보냈던 살인 사건. 그 진범, 아니 진범과 함께 있었던 사람이 양심선언을 한 것이었다.

"전 그 당시 그 여자분의 손을 잡고 있었습니다. 하기 싫었지만 전진만은 잭나이프를 제 목에 들이밀었습니다. 그 전에도 몇 번이나 사람을 죽였던 그였기 때문에 저항하면 죽인다는 말을 믿지 않을 수가 없었습니다. 그 녀석은 그 당시 자신의 가방에 남자의 성기 모양으로 자른 나무토막을 들고 다니면서……."

언론에서 모르던 비밀뿐만 아니라 경찰이 그동안 감춰 오던 비밀까지 모조리 까발려지자 대한민국이 격하게 반응하기 시작했다.

"우리 새론에서는 이번 사태를 심각하게 받아들이고 있습니다. 특정 범죄자를 보호하기 위해서 국가 차원에서 조직적으로 은폐한 사건이 벌어졌으며, 그로 인해 우리 의뢰인은 무려 25년간 고통 속에서 살아야 했습니다."

노형진은 때를 맞춰서 새론에서 이번 사건을 담당하여 변론을 재개한다고 발표했다. 물론 전진만 측에서는 철저하게 개소리라고 주장했다.

"벌써 25년 전 사건입니다. 관련된 증거도 없었구요. 물론 우리 의뢰인인 전진만 씨가 그 당시 공교롭게도 유학을 간 것은 사실입니다만 그건 다 나라의 발전을 위한 구국의 결단이었습니다. 유능한 인재가 나가서 배워 오는 것이 나라를 위하는 길이었고……."

전진만 측의 변호를 담당하기로 한 변호사의 말에 노형진은 코웃음이 나왔다.

"지랄한다."

그렇게 나라를 생각하는 놈이었으면 공부가 끝난 즉시 한국으로 돌아왔어야 했다. 하지만 그는 단 한 번도 대한민국에 들어온 적이 없다.

"어떻게 생각하십니까?"

"좀 더 확실한 증거가 있으면 좋겠군."

송정한 변호사는 변론하기로 하면서 조용히 서류를 정리했다. 자신이 마무리 짓고 싶다는 생각에서 나선 것이지만 그가 봐도 문제가 없는 건 아니었다.

"이번 사건의 경우 노 변호사가 확실한 증인을 찾아내기는 했지만 증인을 찾았다고 하더라도 그 증거 능력이 약해. 증인이 지난 25년간 바깥으로 나간 적도 없는 정신적으로 불안한 사람인 반면, 전진만은 썩어도 준치라고 아직까지 정부 곳곳에 강력한 연줄을 가지고 있는 집안의 자식이니까. 아무래도 이 사건에서 이기기는 힘들 것 같아. 후우, 내가 의뢰인에게 쓸데없는 희망을 준 건 아닌지 모르겠어."

송정한은 우울하게 말했다.

확실히 25년 전 사건으로 이제 와서 승리한다는 것은 불가능에 가까웠다. 하물며 그 증거라는 것이 그 당시 함께 있었다고 주장하는 정신병자라면 더더욱 말이다.

"그렇기는 하지요. 하지만 우리는 안 집니다."

"노 변호사가 우리를 위해 해 준 것은 고맙게 생각하네. 하지만 증거를 봐서는 그가 유리해. 자백하지 않으면 말이지. 그 당시 그가 들고 다녔다는 성기 모양의 나무토막이나 강간에 직접적으로 연관되었다는 다른 증거가 있다면 모를까, 단순히 정신이상으로 보이는 남자의 증언만으로 진실을 알아내는 것은 불가능해. 어떤 식으로 흔적이 남기지 않았는지 말했지만 그건 조금만 생각해 보면 만들어 낼 수 있는 방법이니까. 그렇다고 그 나무가 지금까지 있을 것 같지는 않고."

"걱정하지 마시라니까요. 이건 이길 수밖에 없는 사건입니다. 그러니까 유종의 미를 거두어야지요."

"이게 이길 수밖에 없다고?"

"네."

송정한은 얼굴을 찌푸렸다.

아무리 봐도 이기기는커녕 제대로 통과되는 것조차도 불투명한 사건이었다. 증거도 없고 증인에 대한 신빙성도 떨어진다.

"일단은 적극적으로 하고 계세요. 전 필살기를 준비하러 갔다 오겠습니다. 으하하하."

노형진이 가진 필살기를 이해하지 못한 송정한은 고개를 절레절레 흔들 뿐이었다.

⚖️

"서울은 추운데 여기는 덥네."

노형진은 공항에서 내려서 뜨거운 태양을 보면서 눈을 찌푸렸다. 물론 한여름의 그것은 아니라지만 확실히 미국의 남부는 상시 여름이라는 말이 맞을 정도로 더운 곳임이 틀림없었다.

"미스터 노!"

저 멀리 팻말을 흔들면서 서 있는 한 남자.

데이비스를 발견한 노형진은 미소를 지으면서 손을 들었다.

"반갑습니다, 데이비스."

"미스터 노야말로 반갑습니다. 금방 오셨군요. 한국 쪽에서 재판할 거라고 하지 않으셨나요?"

"그건 다른 분에게 맡기고 왔습니다. 범죄와 싸우는 방법은 여러 가지가 있으니까요."

"하긴. 미스터 노와 일하는 사람이면 상당히 유능한 분들이겠군요."

"네, 아주 유능한 분들입니다."

데이비스의 차에 타면서 노형진과 그는 수많은 이야기를 했다. 그리고 가장 중요한 부분을 이야기하기 시작했다.

"그나저나 수사는 어떻게 되어 가고 있습니까?"

"FBI가 눈치채고 수사하고 있습니다만 증거는 나오지 않더군요. 치밀하게 한 모양입니다."

'그렇겠지.'

수년간 걸리지 않고 조용히 살인하던 녀석이다. 그런 녀석인 만큼 치밀하게 준비하지 않을 리 없다.

"물론 이걸 모른 경찰도 문제지만요."

"압니다. 아무래도 피부색에 따른 차별이 사라진 게 아니니까요."

미국이 아무리 살기 좋은 곳이라고 하지만 여전히 차별은 존재한다. 백인 여자가 사라지면 난리가 나지만 흑인 여자가 사라지면 그러려니 하는 게 현재 경찰의 태도다. 하물며 동양인 여자는 흑인보다도 더 아래다. 주류가 아니기 때문이다.

"하여간 의심해서 수사하곤 있습니다만 확실한 게 나오지 않는 모양입니다."

"그래요?"

"네, 실종자가 그가 움직인 시점에 생기기는 했지만 시체가 없는 거죠. 아시다시피……."

"네, 시체가 없으면 살인도 없다는 거죠."

"잘 아시네요."

시체가 없으면 살인도 없다.

그건 법에서 말하는 확실성 때문에 생기는 일이다.

온갖 정황증거는 말 그대로 정황증거일 뿐이다. 시체가 없으면 그가 도망가서 숨었는지 가출했는지 알 수가 없기 때문이다.

"흠……."

"자리를 잡고 살인한 녀석이면 동선이라도 있을 텐데 그것도 없고, 전국을 돌아다니면서 한 녀석이다 보니 수색할 만한 단서도 없는 모양이군요."

"그래서 제가 온 겁니다. 그 시체를 찾기 위해서요."

"네?"

노형진의 말에 데이비스는 고개를 갸웃했다. 지금 경찰과 FBI는 시체들을 찾기 위해 혈안이 되어서 사방을 뒤지고 있다. 그럼에도 불구하고 아직까지 시체를 찾지 못했다. 그런데 그걸 찾기 위해서 온 거라니?

"전 그 녀석을 오래 쫓았습니다. 그러니 이쪽에서 모르는 정보도 있지요."

"아!"

데이비스는 납득한다는 얼굴이 되었다.

한국에서는 경찰들이 한 사건을 개인적으로 추적하는 것이 드물지만, 미국에서는 많은 경찰들이 한 사건을 개인적으로 오랫동안 수사하기도 하기에 충분히 이해가 갔던 것이다.

그리고 가끔은 그런 노력으로 콜드 케이스, 즉 미제 사건들이 해결되기도 한다.

"그러면 그 녀석이 어디에 시체를 감췄는지 알 수 있단 말입니까?"

"네, 일단은 그 녀석의 집에 가 봐야겠지만요."

"집에요?"

"그 녀석은 일종의 암호 같은 걸 남기거든요."

"암호?"

"네, 그런 게 있습니다. 그런데 그 집에 들어갈 수 있나요?"

"원래는 안 됩니다만……."

다른 사건도 아니고 연쇄 살인범의 집이다. 아무나 쉽게 들여보낼 수는 없다.

"한번 이야기해 보죠."

하지만 데이비스는 한 번은 들어가 봐야 한다고 생각하고는 방법을 찾아보기 시작했다.

"반갑습니다. 파커라고 합니다."

"노형진입니다. 이 사건을 담당하신다고요?"

"네, 그런데 듣기로는 이 사건을 오래 추적하셨다고요?"

"네, 한 5년 정도 했습니다."

"대단하십니다. 어려 보이시는데."

"하하하."

노형진은 슬쩍 고개를 돌렸다. 사실 5년 전이면 그는 미성년자다. 그러니 사건을 추적한다는 건 말도 안 된다.

'뭐, 어차피 잘 아는 것도 아니니.'

하지만 한국 사람들이 흑인이나 백인의 얼굴을 잘 구분하지 못하듯이 그들도 한국인의 얼굴을 자세하게 구분하지는 못한다. 그래서 그저 그러려니 할 뿐이다.

"데이비스에게서 들었습니다. 안 그래도 수사가 막혀서

완전히 돌아 버릴 지경이었습니다."

집으로 가자 입구에 붙어 있는 노란색의 경고 테이프. 그걸 피해서 들어가자 사람들이 조사하느라고 정신없이 어지러진 공간이 나타났다.

"아내는요?"

"호텔로 가 있습니다."

"아마도 경찰에 적극적으로 협조하면서 이혼소송을 준비하는 중이겠군요?"

"어떻게 아셨습니까? 오래 추적했다더니 진짜이신가 보군요."

노형진에 대해 믿음을 가지게 되는 파커 수사관. 하지만 그건 어려운 추론이 아니었다.

'당연한 거 아냐?'

돈 때문에 한 결혼. 거기에다가 남자는 고자. 그래서 다른 남자와 바람피우는 상황에서 이건 절호의 기회다. 그 전 재산을 빼앗고 이혼할 수 있는 기회 말이다. 물론 그는 그렇게 자세한 사정은 모르겠지만.

"그나저나 아무것도 없군요."

"수사 대상이 될 만한 것은 죄다 가지고 갔습니다. 사실이 집에는 별거 없을 겁니다."

"그래요? 그러면 증거를 볼 수 있을까요?"

"그건 좀 힘든데요."

집에 들여보내 주는 것까지는 자신의 선에서 할 수 있지만 증거와 접촉하게 하는 것은 자신의 선에서 해결할 수 있는 것이 아니다.

"그래요?"

노형진은 주변을 둘러보면서 천천히 증거를 찾았다.

"트로피는 나왔습니까?"

"아직 안 나왔습니다. 트로피가 뭔지도 아직 모르겠구요."

"음……."

트로피란 연쇄 살인범들이 보관하는 일종의 기념품이다. 피해자와 관련된 물건을 보관하면서 그걸 보고 그때의 살인의 흥분을 즐기는 것이다. 그리고 그게 약해지면 다시 살인하러 나간다.

"감을 잡을 수가 없어서요."

"트로피가 될 만한 건 못 찾았습니까?"

"네."

트로피로 가장 많이 모으는 것은 피해자의 머리카락이나 소품이다. 하지만 아무리 집을 뒤져도 그런 것은 나온 적이 없었다. 머리카락은 전혀 없었다고, 소품은 일상적인 물건으로 이미 아내가 산 거라는 사실이 확인된 상태였다.

"트로피라……."

"멀리 두지는 않았을 텐데요?"

수시로 그 기억을 상기시키기 위해서 살인범들은 보통 트로피를 가까이 두고 지낸다. 다만 주변에서 모를 뿐.

"벽을 뚫어야 할까요?"

가장 가능성이 높은 것은 저 벽 어디엔가 숨겨 뒀다는 것.

하지만 노형진의 생각은 좀 달랐다.

"아마 벽 안에는 없을 겁니다. 저 녀석은 오랜 기간 살인을 해 왔던 녀석이에요. 당연히 수시로 그걸 빼고 꺼내기를 반복했을 겁니다. 벽 안에 있으면 그럴 수 없지요."

"그렇겠군요. 하지만 있을 만한 곳은 다 뒤졌는데……."

배기관이나 환기구, 심지어 바닥까지 모조리 뒤졌다. 금고가 있을 만한 곳도 다 뒤졌다. 하지만 그와 관련된 것은 전혀 나오지 않았다.

"이래서야 증거를 찾을 수가 없습니다."

"음……."

노형진은 조용히 생각에 잠겼다.

'트로피라…… 트로피…….'

노혀진은 그가 쓰던 침대로 가서는 그 위에 걸터앉았다. 얼핏 봐서는 그저 다리가 아파서 앉는 모습이었지만 사실은 그곳에서 기억을 읽기 위해서였다.

'과연 어디에 뒀을까?'

천천히 그의 기억을 더듬는 노형진. 수많은 일상적인 기억 그리고 행복감.

'행복하다고?'

트로피는 보이지도 않는다. 그런데 행복하다니? 이해가

가지 않았다. 그 행복감의 원인은 아내가 함께 있어서가 아니었다. 비틀어질 대로 비틀어진 행복감이었다.

'뭐야? 왜 행복한 건데?'

노형진은 조용히 있다가 자리에서 벌떡 일어났다. 한 가지 기억을 찾아내는 데 성공했기 때문이다.

"혹시 여기서 미싱을 보신 적 있습니까?"

"네? 아, 네, 미싱이야 본 적이 있지요."

"잠깐 그것 좀 확인해 봅시다."

노형진을 데리고 다용도실로 간 파커. 그곳에는 소형 미싱이 자리를 잡고 있었다.

"이건 수사 안 하셨나요?"

"그건 사건 자체와 그다지 관련이 없다고 생각해서요."

하긴 일반적으로 미싱은 여자들의 물품이다. 당연히 남자가 범죄자인 사건에서는 주요 수사 대상이 아니다.

"그럼 이 미싱이 아내의 물건이라는 대답은 받으셨나요?"

"그건 확인하지 않았습니다만? 왜 그러시는지요?"

"이 녀석이 한국에서 살인하고 난 뒤에 한 가지 버릇을 보였습니다."

"버릇?"

"희생자의 팬티를 머리에 뒤집어씌운 채로 버리는 거였지요."

"끙…… 하긴…… 변태 살인마니까요……."

역시 미국이라고 해야 하나? 그런 말에 그다지 놀라지 않는 파커와 데이비스.

"그런데 그 사건에서 한 가지 꼭 빠진 게 있었습니다."

"빠진 게 있다고요?"

"네."

"뭐가요?"

노형진도 처음에는 잘 몰랐다. 하지만 여기에 와서 기억을 읽으면서 그걸 알아차렸다.

'멍청하긴.'

조금만 생각해 보면 알 수 있는 것을 다들 무심결에 넘어간 것이다. 심지어 노형진조차도 말이다.

"보통 속옷은 세트입니다. 그렇다면 브래지어는 어디 갔을까요? 사건 기록에 따르면 브래지어가 발견된 기록은 없습니다."

"아!"

1건도 아니고 5건의 사건에서 브래지어가 발견되지 않았다. 그저 단순히 범죄 현장에서 버려졌다고 생각할 수도 있는 일이다. 하지만 반대로 생각하면 그게 트로피가 될 수도 있는 것이다.

"전화로 한번 확인해 보세요. 이 미싱이 과연 누구 것인지 말입니다."

"잠시만 기다려 주십시오."

파커는 재빨리 핸드폰을 꺼내서 어디론가 전화했고 잠시

후 얼굴이 환해진 모습으로 안으로 들어왔다.

"아내는 미싱을 쓸 줄 모른답니다. 즉, 남편의 물건이었다는 거군요."

"역시 그렇군요."

"그럼 브래지어가 트로피인 거군요."

"네."

"역시 대단하십니다."

지금까지 트로피가 어떤 것인지 알아내지도 못했는데 노형진 덕분에 한 걸음 더 앞으로 나갔다. 그렇다면 잡을 가능성도 더 커진 것이다.

'뭐, 일단은 내가 먼저. 후후.'

노형진은 미소를 지으면서 바깥으로 나갔다.

사실 트로피가 어디 있는지는 벌써 알았다. 다만 어떻게 알았는지 설명하기 위해서 미싱을 말했던 것뿐이다.

"아마 이게 트로피일 겁니다."

"그건?"

방 여기저기에 장식되어 있는 솜 인형들.

"이건 보통 여자들이 책임지죠. 그래서 수사관들도 무심하게 넘어갔을 겁니다."

"그거야 그렇지요. 보통은……."

하지만 미싱을 가진 사람은 아내가 아니라 전진만이었다. 즉, 그가 이 인형을 관리할 수도 있다는 것이다.

"칼 같은 거 있습니까?"

노형진은 가까이에 있는 곰 인형을 꺼내 들었다. 그러고는 파커에게 손을 내밀어 작은 잭나이프를 받았다.

투투툭.

조심스럽게 등 뒤에 있는 바느질 라인을 따라서 등을 여는 노형진. 그리고 그 부위를 쩍 벌린 다음에 그 안쪽에 볼펜을 집어넣었다가 슬쩍 들어 올렸다.

"그건……."

"브래지어 조각이군요."

조각이 나 있기는 했다. 하지만 솜과 함께 들어 있는 그 물건은 브래지어 조각으로 보는 데 하등 지장이 없었다.

"바로 과학수사 팀을 불러 주세요. 여기 있는 모든 인형을 뜯어 봐야 할 시간입니다."

"지독하군요."

집 안에 있는 천이라는 천은 다 뜯었다. 인형부터 소파 그리고 방석까지. 그러자 그 안에서 나온 총 여든 개의 브래지어 조각. 말 그대로 최악의 살인마라고 할 정도로 엄청난 숫자였다.

"언론에서는 난리가 났습니다. 벌써 속옷 살인마라는 별명까지 붙었지요."

노형진은 피식 웃었다. 미국 언론은 연쇄 살인범에게 별명을 붙여서 부르는 것을 좋아한다.

"몇몇 조각에서는 유전자가 나왔습니다. 실종된 사람들과 대조하고 있습니다만 아마도 그들의 것이 맞을 겁니다. 특히 가족 한 명이 속옷을 알아봤습니다. 평소 아끼던 속옷이라고 하더군요."

"흠······."

"후우, 씁쓸하네요."

"좋게 생각하십시오. 일단은 연쇄 살인범 하나는 잡은 거 아닙니까?"

"그래도요."

벌써 여든 명의 희생자가 나온 셈이다. 그 녀석이 속옷을 훔쳐서 거기에 뒀을 리 없으니까.

"일단 시체를 찾아야 하는데······."

"트로피를 찾았으니 아마 어렵지 않게 찾을 수 있을 겁니다."

트로피가 범인에게 그 당시를 회상하게 해 주는 물건이라면, 경찰에게는 그 당시 상황을 알려 주는 단서다. 미국은 한국보다 훨씬 이런 과학수사 시스템이 잘되어 있어 그 안에 있는 흔적으로 추적을 할 수 있기 때문이다.

'하지만 그 전에 먼저 해야 해.'

물론 노형진은 그 과학수사의 한계를 알고 있다. 드라마에서는 검사하면 바로바로 나오는 것처럼 보이지만 단순한 유전자 검사도 족히 사흘이 걸리는 것이 현실.

'그 전에 시체를 찾아야 한다.'

계획을 위해서는 시체를 찾아야 한다.

"제가 가지고 간 물건을 볼 수 있다면 더 도와 드릴 수 있을 것 같은데요?"

노형진은 파커에게 슬쩍 찔러 물었다.

"음……."

파커는 심각하게 고민하는 얼굴이 되었다. 그럴 수밖에 없는 게 결정적인 증거가 노형진의 도움 덕분에 나왔다. 노형진의 도움을 받는다면 어쩌면 더 명확한 증거가 나올지도 모른다.

"원래는 안 됩니다만……."

그는 한참 고민하다가 고개를 끄덕거렸다.

"이번 사건에 도움을 주셨으니 제가 한번 노력해 보지요."

"감사합니다. 하하하."

드디어 가장 명확한 증거에 도착할 수 있다는 생각에 노형진의 얼굴에는 미소가 떠올랐다.

⚖

"이겁니다."

"많군요."

"워낙 큰 사건이니까요. 그 당시 가지고 올 수 있는 건 다 가지고 왔다고 봐도 무방합니다."

사방에 가득한 물건들.

"그나저나 감사합니다."

"별말씀을요. 도움을 받은 건 저희 쪽이니, 저희가 감사해야죠."

미국은 한국과 다르다. 한국은 수사에 관련된 모든 것은 검찰과 경찰이 쥐고 있으며, 그와 관련된 어떤 것도 나누려고 하지 않는다. 누가 도와주려고 해도 철저하게 무시하는 편이다.

하지만 미국은 외부 전문가들에게 도움을 청하는 것이 자연스럽다. 그 덕분에 노형진은 어렵지 않게 그 안으로 들어갈 수 있었다.

"음……."

수많은 물건들이 있었지만 노형진이 관심을 가진 것은 다름 아닌 여행용 캐리어였다.

"캐리어요? 그건 이미 검사를 끝냈습니다. 하지만 유전자 같은 건 안 나왔습니다. 혹시나 그걸로 시체를 옮기는 데 썼나 했거든요."

"그렇게 멍청하지는 않을 겁니다."

그럼에도 불구하고 노형진이 캐리어에 관심을 가진 것은 한 가지 이유 때문이었다.

'여행하려면 캐리어가 필요하지.'

그거 어디에 출장을 가든 함께 갔을 캐리어.

그 캐리어에는 그의 기억이 묻어 있을 것이다.

직접적으로 거기에 담아서 움직이지 않았다고 하더라도 그는 그걸 끌고 돌아오는 길에 살인의 기억을 또다시 곱씹으면서 쾌감에 몸을 떨었을 것이다.

"음......."

노형진은 슬쩍 거기에 손을 대고 기억을 읽어 내기 시작했다. 그러자 그 안에서 밀려들어 오는 수많은 기억들.

'윽...... 시발......'

노형진은 자신도 모르게 눈을 찌푸렸다. 그 안에서 넘쳐나는 수많은 기억들. 그 안에는 절대로 보고 싶지 않은 장면도 있었던 것이다.

"왜 그러십니까?"

"아닙니다. 그냥...... 이런 일을 당한 분들이 불쌍해서요."

"하아, 안타까운 일이기는 하지요."

노형진은 대충 둘러대면서 계속 기억을 읽었다.

'이건 너무 멀어....... 이건 너무 오래된 거야.......'

수많은 살인의 기억이 있기는 하지만 자신에게 필요한 것은 당장 그를 집어넣을 수 있는 것이었다. 너무 멀어서 자신이 갈 수 없거나 너무 오래되어서 그 흔적을 찾을 수 없는 것은 그가 찾는 것이 아니었다.

'응?'

그 순간 노형진은 어떤 기억을 읽었다. 다급함, 초초함, 그 안에서 느껴지는 간절함.

'그러고 보니……'

얼마 전 그의 아내가 한 말이 기억났다. 집 주변에서 실종자가 있다는 그 말.

'그거 이상한데?'

그는 전문적인 연쇄 살인범이니 안전을 위해서라도 주변에서 절대 살인을 하지 않는 녀석이었다. 그동안의 사건의 동선을 읽어 냈건만, 아무리 봐도 그 녀석은 주변이 아닌 다른 곳을 돌아다니면서 살인을 저지를 뿐이었다. 그런데 집 주변에서 실종자라니, 확실히 전과 다른 행동이다.

그런 게 늘어나면 추적이 붙는다는 걸 그가 모를 리가 없다. 그런데 왜 주변에서 살인했을까? 그리고 왜 이렇게 다급하고 간절하게 느꼈을까?

"혹시 말입니다."

"네?"

"그 녀석이 보직이 바뀌었나요?"

"보직요? 네. 얼마 전에 바뀌었더군요, 내근직으로."

노형진은 상황이 이해가 가기 시작했다.

그는 안전을 위해서 전국을 돌아다니면서 범죄를 저질렀을 것이다. 그건 그가 출장이 잦은 외근직이라서 가능한 일이었다. 하지만 갑자기 내근직으로 보직이 바뀌면서 최대한 자신의 욕망을 억누를 수밖에 없게 됐는데 그게 한계에 도달한 것이다.

'그렇다면 실수하기 마련이지.'

노형진은 캐리어에서 손을 떼고 그가 집에서 평소에 쓸 만한 물건에 관심을 돌렸다. 집 근처에서 했다면 분명 그 안에 기억이 있을 테니까.

"얼마 전에 그의 집 근처에서 실종자가 나온 거 아시죠?"

"네, 하지만 그 녀석의 행동 패턴은 아니라서 그 녀석이 아닐 가능성이 높은데요?"

"하지만 그 녀석은 외근직에서 내근직으로 바뀌었습니다. 그렇다면 그 녀석이 다급한 마음에 일을 저질렀을 수도 있지요."

"음…… 확실히 그럴 가능성이 있겠군요."

파커는 오랜 경험이 있었기 때문에 노형진의 말에 수긍했다.

"네, 그리고 시간이 얼마 지나지 않은 만큼 그 흔적도 남아 있을 가능성이 높습니다."

"음…….."

파커는 심각하게 다른 물건들을 살피기 시작했다.

그렇게 얼마나 지났을까?

"흠…… 이 신발, 특이하군요."

노형진은 구석에 있는 신발을 꺼내 들었다.

"그게 왜요?"

"이건 등산화입니다. 말 그대로 거칠고 험한 길을 갈 때 쓰는 거지요. 그런데 이거 말고는 등산용으로 맞는 게 전혀 없습니다."

"그렇군요."

"이건 외근용도 아니에요. 그의 직업상 외부에 거친 곳으로 갈 이유도 없고요. 그런데 왜 필요했을까요?"

노형진은 그걸 뒤로 뒤집어서 흔적을 살폈다.

"잠시만요."

그 등산화를 받아서 살피는 파커.

"어쩌면 우리가 흔적을 찾은 걸지도 모르겠습니다."

"흔적을?"

"네."

파커는 바닥에 붙어 있는 모래를 살폈다. 그리고 노형진은 그가 무슨 뜻으로 한 말인지 알아차리고는 미소를 지었다.

⚖

부아앙.

도시에서 좀 떨어진 곳.

한때 광산이 있었으나 이제는 폐광이 되어 버린 곳.

그곳으로 들어오는 수많은 차량들.

"여기라고요?"

"네, 지질학적으로 이곳의 흔적이라고 하더군요."

과학수사 팀은 특정 지역의 지질학적인 특성을 모두 기록하고 있었기에 그 신발에 묻은 모래가 바로 이곳의 특성과 정확하게 맞아떨어진다는 사실을 알아차렸다. 한국이라면 예산상의 문제로 꿈도 꾸지 못할 일이지만 미국은 그게 가능했다.

"이런 곳은 시체를 감추기도 좋지요. 아무도 오지 않고 공사를 하던 곳이라 차량으로 접근하기도 좋고 이런 식으로 움푹 파여 있어서 어떤 소리가 나도 바깥으로 새어 나가지 않으니까요."

노형진은 파커의 말에 고개를 끄덕거리면서 공감을 표시했다.

"하지만 생각보다 넓군요."

"그래서 이렇게 많은 사람을 데리고 온 겁니다."

"음……."

장소는 알 수 있지만 생각보다 넓은 이곳에 어디에 시체를 묻어 버렸는지는 알 수가 없다.

'이건 너무 넓어서 기억을 읽을 수도 없겠는데?'

더군다나 모래로 되어 있는 지형이다 보니 한번 파묻으면서 그 흔적이 잘 드러나지 않는다. 설사 드러난다고 해도 묻은 지 상당한 기간이 지난 만큼 그 흔적도 사라졌을 것이다.

"일단 지상을 찾아봅시다!"

"네!"

경찰과 다른 요원을 총동원해서 수색하는 파커.

노형진 역시 차에서 내려서 주변을 둘러보면서 확인하기 시작했다.

'드럼통에 묻었으려나? 그럴 리 없어……. 그 녀석은 깔끔하게 처리하는 것을 좋아한다. 그렇다면 드럼통보다는 땅에 묻으려고 하겠지.'

드럼통에 묻으면 그 안에서 썩으면서 흔적이 드러날 수밖에 없다. 더군다나 드럼통은 썩지도 않는다.

'그렇다면 결국 쉽게 썩을 수 있게 해 놨을 거야.'

그래야 흔적도 없이 사라진다. 물론 가장 확실한 것은 염산 같은 걸로 녹이는 거겠지만, 그가 그런 식으로 대량의 염산을 들고 다니는 것은 무리니까.

"그러면……."

노형진은 주변을 바라보았다.

뜨거운 태양이 작열하는 미국의 남부. 거기에다가 모래 형태의 땅.

한국인은 상당히 교육에 대한 학업도가 높은 것이 특징이다. 전진만 역시 고등학교 2학년까지 한국에 있다가 왔다. 즉, 기본적인 과학 상식은 가지고 있다고 봐야 한다.

"여기는 의미가 없을 겁니다."

"네?"

"그 녀석은 머리가 좋아요. 지금까지 흔적도 남기지 않았듯이 말입니다. 아마도 시체가 썩을 만한 장소를 찾을 겁니다."

"시체가 썩을 만한 장소요?"

"네, 그늘이 지고 습기가 있는 곳을 찾겠지요."

이런 빛이 강하고 사방이 모래인 곳은 시체가 썩는 게 아니라 말라서 미라가 될 가능성이 높다. 시체가 멀쩡하면 흔적이 많이 남으니 어떻게 해서든 그건 피하려고 했을 건 당연한 일.

"하지만 여기는 그럴 만한 곳이 없는데요?"

보이는 것이라고는 바짝 마른 모래뿐이다. 당연히 그런 곳이 있을 리 없다.

"있을 겁니다, 분명히 어딘가에. 이런 모래로 된 땅에 뜨거운 곳은 시체가 미라가 되기 쉽습니다. 그러면 증거가 그대로 남지요. 그 녀석은 분명 그걸 알고 있을 테고요. 한국의 학구열 아시죠? 그런 지식은 기본적으로 가르칩니다."

"음……."

"그러니까 물이 있을 만한 곳을 찾아야 합니다."

"하지만 여기는 물이 있을 리 없습니다. 사막 한복판인데요? 거기에다 망한 게 언제인지도 모르는 곳인데 말입니다. 더군다나 이 태양 아래서 그늘이라니."

"일단은 찾아봐야겠군요. 차를 좀 빌릴 수 있을까요?"

"네."

노형진은 파커에게서는 차 키를 받아서 주변을 슬슬 둘러보기 시작했다. 아무리 생각해도 저 위에 시체를 묻을 가능성은 낮아 보였기 때문이다.

"응?"

그렇게 주변을 둘러보던 노형진의 눈에 들어온 것은 허물어져 가는 건물이었다. 한때는 이 모래 채취장의 사무실이었던 곳으로 보이는 것.

"저건?"

하지만 노형진의 눈에 들어온 것은 그 건물이 아닌 그 옆에 있는 거대한 기둥이었다.

'모래를 넣어 두는 것은 아닐 테고…….'

사방이 모래이니 모래를 보관하는 것은 아닐 거라는 생각에 노형진은 그곳으로 차를 몰았다. 그리고 그곳에서 그는 그 기둥의 용도를 알 수 있었다.

"물탱크인가?"

과거에 몇 번이나 본 적이 있는 거대한 물탱크. 생각해 보면 당연한 일이다. 이런 곳에 수도관이 들어올 리가 없으니 한 번에 수십 톤의 물을 차로 넣어 놔야 할 테니까.

"어?"

노형진은 무심결에 그 기둥으로 다가갔다가 멈칫했다. 그 기둥 아래에 산들바람에 흔들리는 풀들을 본 것이다.

"풀이 자란다고?"

이 척박한, 모래로 만들어진 땅. 그 위에 풀이 자란다는 건 말도 안 된다. 그늘이야 물탱크와 건물이 만들어 준다지만 수분도, 영양소도 없기 때문이다.

"아니지……. 물이…… 있을지도……."

노형진은 뭔가 생각난 듯 그 탱크로 다가갔다.

"역시."

물탱크의 입구를 통해서 똑똑 떨어지는 물방울들.

채우고 나서 망한 건지, 아니면 빗물이 고여서 떨어지는 건지는 알 수 없지만 인간이 관리하지 않자 고장 나 천천히 물이 새기 시작한 것이다.

"물이 있고 적당한 그늘이 있지. 그리고…… 남은 건 영양분뿐인데……."

노형진은 자신이 서 있는 땅을 바라보았다. 습기를 머금은 축축한 땅.

"여보세요? 파커 씨?"

노형진은 무전기로 파커를 부르기 시작했다.

⚖

"조심조심."

물기둥 너머에서 나오는 시체들. 그걸 보고 파커는 눈을 찌푸렸다.

"4구라…….”

“주변에서만 범죄를 저지르지 말라는 법은 없으니까요.”

1구는 완전히 썩었고, 2구는 썩는 중이며, 나머지 1구는 아직 얼마 되지 않은 상태였다. 모두 다 20대에서 30대 사이의 여성이며 나체로 머리에 팬티를 뒤집어씌운 형태였다.

“희생자가 맞는 것 같습니다.”

파커는 서류함에서 그곳에서 발견된 브래지어를 찍은 사진을 꺼내 들었다. 대부분은 더러워져서 알 수는 없지만 가장 멀쩡한 시체에 뒤집어씌워진 팬티와 누가 봐도 동일한 세트임을 알 수 있는 브래지어의 사진이 그 안에서 나왔다.

“드디어 잡았군요. 후후후.”

파커는 미소를 지었다. 하지만 노형진은 그런 파커에게 약간은 미안해졌다.

‘일단은 우리가 먼저 써먹고 나서 드리도록 하지요. 뭐, 준다면 말입니다. 후후후.’

⚖️

“친애하는 재판장님, 원고 측은 말도 안 되는 주장을 하고 있습니다. 25년 전에 있었던 일입니다. 관련 증거는 전혀 없고 범인은 잡혔습니다. 그런데 이제 와서 제정신도 아닌 사람의 증언 하나만을 믿고 피고에게 죄를 뒤집어씌우려고 하

이것이 법이다

는 겁니다."

검찰 측 변호사의 반격에 송정한은 얼굴을 찌푸렸다.

'역시 이렇게 될 줄 알았어.'

원래 이건 민사가 아닌 형사로 가야 정상이다. 그러나 검
찰은 재심을 거부했고, 결국은 검찰 측에 재수사를 요청하는
민사로 진행해야만 했다. 당연히 검찰은 자신들의 수사가 잘
못되지 않았다는 주장을 하고 있었고 재판부 역시 그에 동의
하고 있었다.

'썩어도 준치라는 것인가?'

아무리 권력에서 밀려났지만 전진만의 아버지 전상무의
연줄은 여전히 살아 있었고 그 상황에서 증거는 없고 증언을
하는 사람의 정신 상태도 의심스러운 상황이니 이길 수 있을
리가 없었다.

'후우, 또 실망하게 되는 건가.'

감옥에서 자신의 승리 소식을 기다리면서 기다리고 있을
배갑성을 생각한 송정환은 속이 답답해서 미칠 지경이었다.

"늦어서 죄송합니다. 배갑성 담당 변호사 노형진, 출석했
습니다."

"어?"

그 순간 갑자기 안으로 들어와서 변호사 자리에 끼어드는
노형진을 보고 깜짝 놀라는 송정한.

"어디 갔다 온 건가?"

"필살기를 준비해 왔지요."

"필살기?"

"네."

"무슨 필살기?"

"기다려 보세요. 제가 곧 필살기를 보여 드릴 테니까요."

노형진은 빙긋 웃으면서 앞으로 나갔다.

"재판장님, 좀 갑작스럽지만 이번 사건에 주요 증인을 소환하고자 합니다."

"주요 증인?"

"네."

송정한은 사라진 송종환을 찾아서 설득했을 거라 생각했다. 일단 그도 범죄자로서 증언력이 약하기는 하지만 두 명인 만큼 전보다는 나아질 것이니까.

하지만 그다음 순간 나온 증인의 모습에 송정한뿐만 아니라 주변의 모든 사람들, 심지어 검사 측과 판사까지 놀랄 수밖에 없었다.

"이번 사건의 당사자이자 범인인 전진만 씨를 증인으로 신청합니다."

"전진만을?"

"무슨 개소리야?"

전진만이 범인이라고 다투는 재판이다. 그런데 다른 사람도 아닌 전진만이 나서서 범인이라고 할 리가 없지 않은가?

이것이 법이다

사람들은 노형진이 미친 줄 알았다. 하지만 노형진은 당당했고, 재판부는 어쩔 수 없이 노형진의 신청을 들어줄 수밖에 없었다.

"인정합니다. 전진만 씨, 앞으로 나와서 선서하세요."

얼굴이 사색이 된 채로 바들바들 떨면서 나온 전진만은 선서하고는 주변을 둘러보았다.

"증인, 단도직입적으로 묻겠습니다. 원고인 배갑성이 범인으로 되어 있는 25년 전 연쇄 살인 사건, 그거 증인이 한 거 맞지요?"

더군다나 질문 자체도 웃겼다. 대놓고 범죄 사실을 인정하라는 질문을 하다니, 미치지 않고서야 누가 그걸 인정하겠는가?

하지만 그다음 순간 사람들은 너무 어이가 없어서 할 말을 잊어버렸다.

"네, 그 사건은 제가 벌인 일이 맞습니다."

"뭐라고?"

"아니, 이게 무슨 소리야?"

"미친 거 아냐?"

웅성거리는 사람들.

"아, 조용, 조용!"

재판장은 가장 먼저 정신을 차리고 사람들을 조용히 시켰다.

"감사합니다, 재판장님. 그럼 이제 증인의 증언을 들어 보죠. 증인, 그 당시 일을 자세하게 이야기해 주시겠습니까?"

"……"

그렇게 천지가 개벽할 증언이 이어지기 시작했다.

"노 변호사, 이게 어떻게 된 건가? 저 미친놈이 왜 자기 죄를 자수한 거야?"

얼마 전까지만 해도 미국에서 잘 살던 놈이다. 그런데 이제 와서 죄를 인정하다니. 이해할 수가 없는 송정한은 노형진을 다그칠 수밖에 없었다.

"살고 싶으니까요."

"살고 싶다고?"

"네."

"아니, 왜? 누구 죽인대?"

"미국에서요."

"미국? 미국에서 그 녀석을 왜 죽이려고 하는데?"

"사실은 말입니다. 후후후."

미국에서 그는 80건에 대한 살인으로 기소되었다. 그곳의 사건은 한국과 다르게 증거도 사방에 있고, 또 여전히 수사 중이다. 당연히 미국에서는 한국에 범죄인인도 요청을 했다.

"그런데 만일 미국으로 송환된다면 어떻게 될까요?"

"끄응…… 알 만하군."

1건도 아니고 80건에 대한 살인 사건이다. 무조건 전기의자로 사형당한다.

"하지만 한국에서 처벌받으면 살 수는 있죠."

대한민국에 사형은 존재하지만 집행하지는 않는다. 그러니 살아남을 수 있다. 더군다나 한국의 감옥에 있으면 부모의 힘으로 편한 삶을 살 수도 있다. 물론 어디까지나 다른 죄수에 비해 상대적인 것이지만 말이다.

"그럼 그 녀석은 무슨 선택을 할까요?"

"대충 알겠군."

살아야 하니 한국에서 벌어진 범죄에 대해서 자백할 수밖에 없을 것이다. 그리고 어떤 식으로든 한국 감옥에 들어가려 할 것이다.

"아마 지금쯤 전과 다르게 최대한 형량을 높이려고 노력하고 있을 겁니다."

"그렇겠군."

일반적으로 이런 사건에서 권력을 가진 사람의 아들이라고 하면 길어 봐야 15년에서 20년 사이다. 하지만 그렇게 되면 출감과 동시에 미국으로 강제송환되며, 그곳에서 그를 기다리는 것은 죽음뿐이다. 한국과 다르게 미국은 여전히 사형을 집행하는 나라이기 때문이다.

이 나라에서 얼마나 잘나가는 사람의 아들이든 미국의 입장에서는 가소로울 뿐인데, 그나마도 이제는 권력자의 아들도 아니다. 그저 과거의 끈이 있을 뿐. 공소시효도 성립되지 않는다. 그는 범죄를 저지르고 한국으로 도망 왔으니 당연히 공소가 정지된다.

당연히 미국으로 보내면 살아 돌아올 수가 없다.

"그 녀석을 살리려면 방법은 한 가지뿐입니다. 평생토록 감옥에서 사는 거죠."

"크하하하!"

송정한은 갑자기 미친 듯이 웃기 시작했다.

"난 생각도 못 했네. 설마 자발적으로 감옥에 영원히 들어가게 만들 줄이야."

"안타까울 뿐이죠."

그는 엄청나게 사람을 죽인 범죄자다. 하지만 현행법상 노형진이 할 수 있는 것은 이게 다였다. 감옥에는 넣을 수 있겠지만 그에게 합당한 처벌인 사형을 할 수는 없었던 것이다.

"죄송합니다. 제가 할 수 있는 최선이네요."

"아닐세. 의뢰인은 풀려났고 그 녀석은 감옥에 들어갔어. 한국의 현실을 보면 충분히 성공한 거야."

물론 그를 미국에서 잡을 수도 있었다. 하지만 그랬다면 그는 사형이라는 합당한 처벌을 받을지는 몰라도 의뢰인을 꺼낼 수는 없었을 것이다.

"아니야. 자네는 충분히 할 만큼 했어. 이제 의뢰인은 넉넉한 노후 자금으로 잘 살면 그만일세."

"그래요?"

"그래. 벌써 난리가 났다네."

그 당시 사건을 조작했던 경찰. 압력을 행사했던 군인 그리고 정부의 손해배상 등을 합하면 억울하게 감옥에 갔다 왔다고 하지만 일단은 노후 자금은 어느 정도 될 것이다. 물론 그동안 잃어버린 삶의 기회를 되찾을 수는 없겠지만 말이다.

"모든 게 잘 끝난 걸세. 딱 한 명만 빼고 말이지. 하하하!"

송정한은 수십 년 동안 자신을 괴롭히던 문제가 사라졌다는 생각에 호탕하게 웃을 수 있었다.

"젠장⋯⋯."

전진만은 이를 박박 갈면서 감옥 안으로 들어갔다.

자신의 모든 죄가 까발려졌다. 부모님은 노발대발했지만 차마 죽일 수는 없어서 최대한 손써 줬는데 그것이 무기징역이었다.

"이런 씨발!"

무기징역. 영원히 나갈 수 없는 처벌.

물론 더 낮출 수도 있었지만 그렇게 되면 미국에서 죽을 수밖에 없기 때문에 그에게 최선의 선택은 무기징역이었다.

"씨발? 이 새끼 봐라? 신참 주제에 간땡이가 부었네."

그가 들어가면서 씨발거리자 안에 있던 다른 죄수들이 눈에 불을 켜고 얼굴을 찡그렸다.

"아니, 그게 아니라……."

그는 '아차.' 하면서 뒤로 물러났다. 하지만 가장 안쪽 상석에 앉아 있는 사람을 보고는 얼굴이 환해졌다.

"여, 호구! 여기서 만나네?"

그는 여기저기서 좀 주워들은 게 있었다. 그중 하나가 바로 감옥 안에서의 서열이었다. 그런데 가장 안쪽 서열이 높은 자리에 앉아 있는 사람은 다름 아닌 자신이 한때 종같이 부리던 송종환이었다.

"너…… 넌?"

"이야, 오랜만이다? 살아 있었네, 짜식."

전진만이 방의 짱을 알은척하자 다들 곤란한 얼굴이 되었다. 서열이라는 게 있는데 아는 사이면 흐트러지기 때문이다.

"그래, 살아 있었지."

"새끼, 오랜만에 보는데 얼굴 표정이 왜 그래?"

"오랜만? 오랜만? 이 새끼가 미쳤나?"

송종환은 전진만의 행동에 기가 막혀서 말이 안 나왔다. 사람을 써서 자신을 죽이려고 했던 놈이다. 그나마 다행히도 망쳐서 살았다. 하지만 다른 범죄와 연루되면서 자신이 감옥에 끌려들어 오는 바람에 복수의 기회는 없다고 생각했다.

'하늘이 날 도와주는구나.'

그는 그날의 고통을 아직도 잊지 않았다.

"야!"

"네?"

"너, 서열 정리 안 하냐?"

송종환은 주변에 있던 다음 서열을 보면서 얼굴을 찡그렸다.

"네? 하지만⋯⋯."

"아는 사이라고 했지, 사이좋은 관계라고는 안 했다."

"아!"

그 말에 다음 서열이 미소를 지으면서 일어났다. 그러자 상황이 이상하게 돌아가는 것을 느낀 전전만은 공포에 떨었다.

"야! 이 새끼야! 뭐하는 짓이야?"

"뭐하는 짓이긴. 규칙대로 하는 거지."

"잠깐! 야야! 으악!"

하지만 이미 그에게는 모포가 뒤집어씌워졌고, 잠시 후 그 위로 엄청난 주먹질과 발길질이 쏟아져 내리기 시작했다.

⚖️

"으으으⋯⋯."

늦은 밤, 전전만은 잠을 이루지 못하고 신음 소리를 냈다.

'망할 새끼⋯⋯ 나가기만 하면⋯⋯.'

그는 속으로 분노를 곱씹으려다가 자신도 모르게 기운이

빠져 버렸다.

그는 알고 있었다. 나갈 수는 없다. 나가는 순간 그는 미국으로 송환되며, 그런 그를 기다리는 것은 전기의자뿐이다.

'젠장.'

전진만은 애써 눈물을 삼키면서 잠들려고 했다. 하지만 그가 쉽게 잠들 수는 없었다.

"잡아!"

"네! 형님."

갑자기 들리는 목소리. 그리고 자신을 잡는 억센 팔들.

"억! 뭐야! 뭐하는 짓이야!"

사실 며칠 동안 두들겨 맞았기 때문에 이때쯤이면 무슨 일이 터질 거라는 것쯤은 느낄 수 있었다. 하지만 구타하기 전에 일단 모포를 뒤집어씌우는 것이 보통이었다. 그런데 오늘은 모포를 씌우는 게 아니라 그의 양손과 양발을 잡아서 누르는 것이 느껴졌다.

하지만 문제는 그것이 아니었다. 누군가 자신의 허리춤을 끌어 내리는 것이 느껴졌던 것이다.

"이봐, 친구. 자네가 좋아하는 걸 가지고 왔다네. 후후후."

전진만의 귓가에 들리는 조용한 목소리. 송종환이었다. 그리고 그의 뺨을 타고 흐르는 딱딱한 나무의 질감.

무슨 일이 벌어질지 알아챈 전진만은 찢어지게 비명을 질렀다.

"잠깐!"

"너는 다른 사람이 하지 말라고 했을 때 뭐라고 했더라? '좆 까.'라고 했지, 아마?"

"안 돼! 끄아아악!"

전전만은 항문에서 느껴지는 엄청난 고통에 자신도 모르게 처절한 비명을 질렀다.

이 시대의 히어로

"불이야!"

사람은 살다 보면 별일을 다 겪기 마련이다. 그게 전혀 경험이 없던 일이라고 할지라도 말이다.

"콜록콜록."

노형진은 연기 속에서 애써 몸을 가누면서 최대한 몸을 낮췄다.

"불을 꺼!"

"살려 줘!"

사람들의 비명 소리. 그리고 절망적인 고함 소리.

'아…… 염병할……. 이렇게 죽는 건가?'

회사 사람들과 식사하러 온 것까지는 좋았다. 그런데 으리

으리한 이 일식집에 불이 날 거라고는 생각도 못했다.

"수건을 물로 적시고 입을 막아요!"

한번 죽어 본 경험이 있어서일까? 아니면 그동안 겪은 수많은 일들이 그의 정신을 단련해 줘서일까?

알 수는 없었지만 노형진은 다른 사람보다 최대한 침착하게 상황을 파악하려고 했다.

'망했다.'

하지만 룸 형식으로 되어 있는 방 바깥으로 나갔을 때 그의 눈에 들어온 것은 유독한 연기로 꽉 찬 통로와 불타는 벽들이었다.

'아직은 소방법이 개정되기 전이었구나.'

원래 이런 룸 형식의 공간은 대피로를 표시해야 하고 벽을 불활성 내장재를 써서 타지 않게 마감해야 한다. 하지만 아직 그런 법이 개정되기 전이었기 때문에 합판으로 세운 벽에 도배로 올린 종이를 타고 사방이 불구덩이었다.

"콜록콜록."

결국 버티지 못한 한 여자가 쓰러졌다.

"끌어내요! 어서!"

이대로 죽을 수는 없다는 생각에 그녀를 끌어내는 노형진과 사람들.

"어디로 가야 합니까?"

"다 죽을 거야…… 으아아!"

노형진은 패닉에 빠지려는 사람들을 이를 악물고 통제하면서 주변을 살폈다.

'멍청한 놈 같으니라고!'

이런 화재는 소화기 몇 개만 비치했다면 막을 수 있다. 하다못해 불이 나도 방에 갇혀 버린 사람들이 탈출로를 만들 수 있다. 하지만 소화기 비슷한 것도 보이지 않는 상황.

도리어 내부 장재용으로 쌓아 올린 나무들이 불타면서 길을 다 막아 버렸다.

"콜록콜록."

노형진은 뒤에서 점점 강해지는 기침에 마음을 강하게 먹었다.

'어쩔 수 없다. 강행 돌파하자.'

불타는 통로를 뚫고 돌파하기로 한 노형진은 몸을 일으켰다. 하지만 그다음 순간 머리가 핑 돌더니 세상이 빙글빙글 돌았다.

'아차……'

불만 생각하느라고 일산화탄소를 생각하지 못한 것이 실수였다. 가능하면 가스를 막는다고 입을 막았음에도 불구하고 완벽하게 막을 수는 없었던 모양이다.

"노 변호사님!"

사람들은 사색이 되었다.

지금 리더 역을 하는 것은 노형진이다. 그런데 그가 쓰러지면 패닉에 빠지게 될 가능성이 높다.

'아…… 안 돼……. 누가 제발…… 도와줘…….'

본능적으로 드는 공포 그리고 두려움. 하지만 몸은 움직일 수는 없는 비참함.

'끝이다.'

노형진은 점점 어두워지는 시야 속에서 절망감이 피어올랐다. 그 마지막 순간 그의 눈에 들어온 것은 불타는 벽과 그 벽을 뚫고 들어오는 거대한 무언가였다. 그걸 마지막으로 노형진의 기억은 끊어지고 말았다.

⚖

"으아악!"

노형진은 정신을 차리면서 자신도 모르게 비명을 질렀다.

"형진아!"

그러자 옆에 있던 사람이 깜짝 놀라서 벌떡 일어났다.

"어?"

노형진은 멍하니 앉아 있다가 옆에 있던 사람을 바라보았다.

"누나?"

"형진아, 괜찮아? 머리 안 아파?"

"머리…… 머리……. 머리는 괜찮은 것 같은데……. 여기는 어디야?"

"어디긴, 병원이지. 다행이다."

노형진은 주변을 둘러보았다. 주변에 보이는 것은 하얀색 벽과 커다란 창문. 병원의 1인실인 듯했다.

"병원?"

"그래, 아이고, 놀래라……. 너 때문에 애 떨어질 뻔했다."

"아…….."

그러고 보니 노형진의 누나는 조카를 가진 상황이었다.

"여기는 어떻게?"

"어떻게는 화재 현장에서 바로 여기로 실려 왔지. 난 소식을 듣고 여기 온 거고."

"부모님은?"

"아직 모르셔."

노현아의 말로는 그가 기절한 시간은 오래되지 않았다고 한다. 의사도 단순 기절인 만큼 그다지 위험한 게 아니라고 했고 말이야.

"그래서 아직 부모님한테는 연락을 못 했어."

소식을 전하면 당장 놀라서 올라오실 게 뻔하다. 하지만 그사이에 너무 놀라서 다칠 수도 있기 때문에 노현아는 전화하기가 조심스러웠던 모양이다.

"잘했어……. 휴우."

아마도 소식을 전했다면 부모님들이 무척 놀랐을 것이다.

"도대체 내가 얼마나 기절한 거야?"

"병원에 온 지 두 시간 정도 된 것 같아."

"두 시간?"

"그래."

그렇다는 것은 크게 다치지 않았다는 뜻이다.

"아! 다른 사람들은?"

자신이야 다치지 않았다지만 그 방에는 족히 열 명은 되는 사람들이 있었다.

"다행히 다들 괜찮아. 위험하기 전에 소방관들이 길을 뚫어서 통로를 만든 덕분에 탈출할 수 있었어."

"다행이다."

노형진은 다시 침대에 누우면서 안도의 한숨을 내쉬었다. 만일 그들에게 무슨 일이 생겼다면 노형진은 평생 지울 수 없는 무거운 짐을 짊어지고 살게 되었을 것이다.

"도대체 어떻게 된 일이야?"

"말로는 합선으로 인한 화재래."

"합선?"

"그래."

노형진은 대충 감이 왔다.

'겉만 번지르르했구나.'

제법 잘해 놓은 고급 일식집이다. 하지만 그런 일식집을 꾸밀 때 제대로 허가받고 배선했을지는 확실하지 않다. 당연히 단가를 낮추려고 했을 테니 그 과정에 온갖 꼼수가 다 들어갔을 것이다.

"그래도 넌 운이 좋은 거야. 넌 그나마 바깥쪽 방에 있었
잖아. 안쪽에 있던 사람들은 세 사람이나 죽었어."

"세 사람이나?"

"그래."

"끄응……."

사람이 죽는다는 것은 기분 좋은 일은 아니다. 더군다나
그 공간에 자신이 함께 있었다는 점을 생각하면 말이다.

"하여간 너 때문에 애 떨어질 뻔했다."

"쩝……."

노형진은 입맛을 다셨다. 지금까지 살아오면서 수많은 일
을 겪었지만 사고로 죽을 뻔한 것은 처음이기 때문에 기분이
묘했다.

"일단 회사에서는 당분간 쉬라고 하니까 너도 이참에 좀
쉬어."

"그래야겠네."

왠지 기분이 묘해서 일할 기분도 나지 않는 노형진이었다.

"부모님한테는 말하지 마. 다친 곳도 없는데 또 호들갑 떠
실라."

"알았어. 그냥 쉬기나 해."

"응."

노형진은 안도의 한숨을 내쉬면서 눈을 감았다. 왠지 살아

있다는 것을 격하게 느끼고 싶은 밤이었다.

⚖

"너무 일만 한 건가?"

노형진은 병원 내부를 걸어 다니면서 입맛을 다셨다.

그동안 일만 해서일까? 오랜만에 찾아온 휴식의 시기였음에도 불구하고 도리어 뭘 해야 할지 알 수가 없었다. 텔레비전도 재미가 없었고, 그렇다고 책을 보는 것도 지겨울 정도였다.

"잠만 잘 수는 없는 노릇이고."

그래서 산책이나 하자는 생각에 바깥으로 나온 것이다. 어차피 얼마 후면 다시 사무실을 나가야 하니 탱자 탱자 놀기보다는 조금이라도 운동하는 것이 도움이 된다고 생각했기 때문이다.

땡.

─1층입니다.

엘리베이터에서 들리는 경쾌한 소리와 함께 나온 노형진.

그런데 노형진은 나가다가 옆에 있는 사람을 보고 고개를 갸웃했다.

'어? 어디서 봤더라?'

눈에 익은 사람이었다. 그런데 도무지 어디서 봤는지 기억이 나지 않았다.

"여보, 조심해서 움직여요."

"알았어. 걱정하지 마."

조심스럽게 휠체어를 타고 움직이는 그 사람. 퇴원하는 건지 아내의 두 손에는 짐이 가득했다.

'어?'

그런데 노형진은 그걸 보고 고개를 갸웃했다.

'아무리 봐도 저건 퇴원할 상태가 아닌데?'

그가 비록 의사는 아니지만 환자의 상태가 좋지 않다는 것은 알 수 있었다. 묶어 둔 붕대는 진물로 얼룩이 져 있었고 여기저기 보이는 상처를 봐서는 화상을 입은 듯했다.

'화상?'

노형진은 그걸 보다가 문득 그의 얼굴을 왜 기억하지 못했는지 알 것 같았다.

"아! 맞다! 그때 그분! 맞죠? 그때 절 구해 주신 분!"

"네?"

"누구세요?"

노형진은 반가운 얼굴로 다가오자 고개를 갸웃하는 두 사람.

"혹시 지난번에 일식집에서 계시던 소방관 아니십니까?"

"그런데요?"

"저, 그때 도움을 받은 사람입니다."

"아, 네……."

엉거주춤하게 일어나서 인사하려고 하는 소방관.

노형진은 그를 말렸다.

"일어나지 마세요. 그때 덕분에 살았습니다."

마지막 순간에 벽을 뚫고 들어와서 자신을 구해 줬던 그 사람이었다. 만일 그가 아니었다면 노형진은 아마도 이 자리에 있지 못했을 것이다.

"아닙니다. 해야 할 일을 할 뿐인데요."

"아닙니다. 진짜 그때 저를 구해 주셔서 감사합니다."

노형진은 그의 두 손을 잡고 싶었지만 그의 상태가 그런 상태가 아니었기 때문에 그럴 수가 없었다.

"고맙습니다."

"별말씀을요."

노형진은 감사의 인사를 하다가 고개를 더욱 갸웃할 수밖에 없었다.

'영 상태가 안 좋은데?'

아무리 봐도 그의 상태는 진짜 좋다고 말할 수 있는 수준이 아니었다.

"그런데 언제 다치신 겁니까?"

"그날 다쳤지요."

노형진 일행을 구한 뒤 다시 다른 사람들을 구하러 들어갔다가 내부 장식인 나무 기둥이 덮치면서 크게 다쳤다고 한다.

"그래요? 그런데 왜 벌써 퇴원하십니까?"

자신이 그 사건으로 실려 왔기 때문에 그 사건이 얼마 전에 벌어진 것쯤이라는 것은 알고 있다. 덜 다친 자신조차도 아직 퇴원을 못했는데, 자신보다 몇 배나 크게 다친 그는 퇴원이라니?

"그게……."

소방관의 얼굴이 붉어지기 시작했다.

"딱 봐도 지금 나가실 상황은 아닌데요?"

화상의 흔적은 지워지지 않았고 다리는 부러진 게 확실했다. 화상은 제대로 처치하지 않으면 흉터도 크게 남고 오염되어 죽을 수도 있기 때문에 병원에서 제대로 진료받는 게 중요하다. 그런데 그의 모습은 제대로 진료받은 상황이 아니었다.

"그게……."

그는 한참 주저하더니 개미가 기어가는 듯한 목소리로 대답했다.

"돈……이 없어서요."

"네?"

노형진은 자신의 귀를 의심했다. 돈이 없어서 진료받지 못한다니?

"어쩌다 보니……. 하하하……."

허탈하게 웃는 그였다. 그 때문에 상처에서 더욱 진물이 흘러나오자 그게 아픈지 찡그려지는 얼굴.

'아, 맞다.'

노형진은 그제야 기억났다.

대한민국에서는 이런 공상을 인정하지 않는다. 불을 끄거나 사람을 구하다가 다치면 자신의 돈으로 치료해야 한다.

사실 다른 사람들은 보험이라도 들어 둘 수 있지만 소방관은 위험 직군에 있다는 이유로 보험도 받아 주지 않는다.

즉, 사람들은 무슨 일이 터지면 당장 보험사의 도움을 받아서 치료받을 수 있지만 소방관들은 그런 것 전혀 없이 자신이 모든 돈을 내야 한다는 것이다.

"그래서 퇴원하신다고요?"

"네…….''

소방관은 부끄러운 듯 고개를 푹 숙였다. 하지만 노형진은 그게 창피한 일이 아니라는 것쯤은 알고 있었다.

"장난해요?"

"네?"

"아니, 사람을 구하다가 다친 사람이 돈이 없다고 진료도 끝나기 전에 쫓겨난다는 게 말이나 됩니까?"

"그게 규칙이니까…….''

"그게 무슨 규칙입니까?"

노형진은 진심으로 분노했다.

그들이 누구를 다치게 하다가 한 것도, 개인적인 일로 다친 것도 아니다. 누구도 들어가지 않는 불구덩이 속에서 사람들을 구하다가 다친 것이다. 그런데 돈이 없다고 쫓아낸다는 것은 말도 안 되는 헛소리였다.

"더군다나 이 상태로 가면 누가 진료해 줘요!"

"그게……."

소방관의 봉급은 많지 않다. 그들은 공무원이다. 공무원 중에서도 하는 일에 비해 그 봉급이 무척이나 작은 편이다.

"무슨 일이십니까?"

소란이 일어나는 듯하자 다가오는 경비원. 그는 혹시나 하는 마음에 경계하면서 노형진을 바라보았다.

"아, 이분이 퇴원하신답니다. 장난해요? 이분, 진물이 나오잖아요!"

"어쩔 수 없습니다. 이분, 벌써 3개월 치 병원비가 밀려 있어서요."

"3개월 치?"

"네, 전에도 입원했었는데 아직 그 돈도 못 내서 원장님이 내보내라고 한 겁니다."

노형진은 뚜껑이 열렸다.

"얼마야?"

"네?"

"그 돈, 얼마냐고. 몇 푼 되지도 않는 돈을 가지고 뭐? 사람들을 죽으라고 내보내? 이게 병원이야?"

"이봐요. 무슨 말을……."

"내가 틀린 말 했어? 이 사람이 소방관인 건 알 테고 사람 구하다가 다친 거라는 것도 알 텐데, 돈이 없다고 쫓아 보내?"

"돈이 없으면 치료도 못 받는 겁니다."

"장난해? 내가 누군지 알아? 변호사야! 변호사!"

노형진이 버럭버럭 소리를 지르자 모여드는 사람들.

그들은 사정을 듣고는 한 소리 하기 시작했다.

"너무하네."

"맞아. 사람을 구하다가 다친 건데."

그 말을 웅성거리기 시작하자 경비원은 아무런 말도 하지 못했다. 하지만 지나가던 의사가 갑자기 끼어들면서 소리를 버럭 질렀다.

"그럼 그 손해는 당신들이 메꿔 줄 겁니까!"

"뭐라고요?"

"그 손해 말입니다. 화상 치료에 들어가는 비용이 얼마나 많은지 알아요? 그 손해 비용은 당신들이 메꿔 줄 거냐고요."

사람들은 갑자기 입을 다물었다. 심적으로는 소방관 편이기는 하지만 자신들이 병원의 손해를 메꿔 주고 싶은 생각은 없었기 때문이다.

물론 노형진은 달랐다.

"손해? 손해 같은 소리 하고 자빠졌네."

"뭐라고요?"

"손해 같은 소리 하고 자빠졌다고요."

"그게 무슨……."

"손해는 없는 거 알거든요."

"너, 뭐야! 넌 뭔데 그렇게 쉽게 입을 나불거려!"

의사라는 인간은 소리를 버럭 질렀다. 하지만 노형진도 그런 그에게 맞서서 목소리를 높였다.

"현행법상 이런 손실 비용은 정부에서 세금에서 감면해 주죠. 즉, 손해가 날 이유가 없습니다. 그만큼 정부에 제출할 세금이 줄어드니까. 안 그런가요?"

"으윽!"

절묘한 위치를 찌르고 들어오자 순간 의사는 자신도 모르게 신음 소리를 냈다.

"하지만 정부에서 손실 비용을 처리해 주는 건 원가 기준. 즉, 추가적인 이득을 얻기는 힘들죠."

"그게 그거 아냐!"

"그게 그거인 건 아니지. 손해는 안 보지만 이득을 보지 못하니 사람을 죽으라고 내보내는 거잖아! 안 그래?"

"뭐라고?"

"그 말이 사실이에요?"

"이 새끼는 뭐야! 야! 이 새끼, 퇴원 처리해! 어디서 감히 난동질이야! 난동질이!"

"감히? 감히? 지금 감히라고 했냐?"

노형진이 가장 싫어하는 말을 고르라고 하면 명백하게 '감히'라는 말이다. '감히'라는 말에는 명백하게 상대방이 자신보다 더 낮은 인간, 또는 하층민이라는 생각이 깔려 있기 때문이다.

"넌 얼마나 잘난 놈이기에 '감히'라는 말을 쓰냐?"

"뭐라고? 이런 미친 새끼를 봤나! 내가 누군지 알아! 대룡병원의 원장이야! 원장! 알아 이 새끼야!"

"대룡병원?"

노형진은 어이가 없어서 말이 안 나왔다. 하지만 그런 행동을 본 원장은 노형진이 쫄아서 그런 줄 알고는 마구 공격하기 시작했다.

"그래, 이 새끼야! 너 같은 버러지 같은 새끼가 평생 굴러도 내 발치에나 올 것 같아? 엉? 입이라고 뻥 뚫려 있다고 선동질 좀 한다고 사람들이 다 영웅이라고 해 주는 줄 알아? 넌 그냥 병신이야, 이 새끼야!"

버럭버럭 소리를 지르는 원장을 보면서 노형진은 말을 끊어 버렸다.

"지금 진짜 영웅 앞에서 영웅 비하하지 마라."

"영웅? 그딴 게 어디 있어, 요즘 시대에!"

"여기 있지."

노형진이 소방관을 가리키자 피식 비웃음을 날리는 원장.

"거 푼돈 받고 일하는 공무원이 영웅? 영웅이 다 얼어 뒈졌냐? 미친 새끼. 경비! 이 두 놈 다 끌어내고 이 새끼는 당장 퇴원 처리시켜."

점점 커지는 일. 그리고 때마침 나오던 노현아는 상황을 보고 깜짝 놀랐다.

"형진아, 뭐하는 거야!"

"어, 누나. 잘 왔어. 당장 짐 챙겨. 이놈의 병원, 내가 더러워서 나간다!"

"뭐야? 무슨 일인데?"

"이런 싸가지 없는 놈을 봤나. 더러워? 이 새끼야, 넌 이 근처에 접근이나 할 수 있을 것 같아? 야! 이 새끼, 끌어내!"

원장은 제 발로 나간다는 노형진의 말에 더욱 화가 난 건지 길길이 날뛰기 시작했다.

"오냐. 너 나중에 두고 보자."

"꺼져, 이 거지 새끼야! 여기가 어딘 줄 알고 감히 선동질이야! 선동질이!"

"감히? 감히? 그래, 너는 얼마나 잘났는지, 그래서 입에 그놈의 감히를 붙이고 다니는지 한번 두고 보자. 감히 나한테 감히를 붙여?"

"이 새끼가 미쳤나?"

"형진아, 그만해. 진정해, 진정."

"아뇨, 지금 진정하게 생겼어?"

어지간하면 화내지 않는 노형진이다. 하지만 자신을 구해 준 사람을 목숨이 위험할 수도 있는 걸 알면서도 쫓아 보내는 그를 노형진은 도저히 용서할 수가 없었다.

진물이 나온다는 것은 피부에서 감염이 일어나고 있다는 뜻
이니 재수 없으면 피부 괴사나 패혈증이 올 수도 있는 상황인
것이다. 의사인 원장이 그걸 모를 리 없다. 그런데 이득이 없다
고 쫓아 보낸다는 건 노형진으로서는 용납할 수 없는 일이었다.

"이건 살인미수야! 이 새끼야!"

"야, 끌어내!"

결국 경비들에 의해 바깥으로 끌려 나오는 노형진과 소방관.

"아오, 빡치네, 진짜. 누나, 당장 구급차 불러. 내가 더러
워서 여기에는 못 있는다."

"야! 너 갑자기 왜 그래? 너, 이런 애 아니었잖아? 설
마…… 너……."

노현아는 혹시나 노형진이 머리를 다친 게 아닌가 하고 덜
컥 겁이 났다. 변호사는 머리를 다치면 치명적이다. 그렇기
때문에 다시 검사해야 하나 심각하게 고민하기 시작했다.

"그런 거 아냐. 내 머리는 멀쩡하거든. 이분이 누군지 알
아? 나 그 불구덩이에서 구해 준 분이야. 그런데 진료도 안
끝났는데 돈이 안 된다고 쫓아내잖아!"

"아……."

노현아는 사정을 알아채고는 이해한 듯 고개를 끄덕거렸다.

"그래도 여기까지 왔는데……."

다른 곳도 아니고 대룡병원을 왔다는 것은 그쪽에서 신경

을 써 줄 거라 생각했기 때문이다. 그런데 진료는커녕 쫓아
내다니 이해할 수가 없는 일이었다.

"그건 나중에 해결하자. 아오, 빡쳐서, 정말."

"죄송합니다. 저 때문에……."

"아니오. 소방관 선생님 때문이 아닙니다. 이건 잘못된 거예
요. 손해를 보지 않는다는 걸 알면서도 쫓아내다는 건 말도 안
됩니다."

물론 아예 손해가 없는 건 아니다. 하지만 진짜 비싼 것은
그다지 타격을 입지 않는다. 기껏해야 손해로 본다면 전기세
약간과 인건비 정도다.

"일단 저야 둘째치고 선생님이 상태가 좋지 않으니까 다른
병원으로 가지요."

농담이 아니라 이제 불어오는 찬 바람은 절대로 진물이 흐
르는 화상 환자에게 좋다고는 말할 수가 없는 것이었다.

"그게……."

"돈 문제는 걱정하지 마세요. 저, 이래 보여도 은혜도 모
르는 파렴치한 놈 아닙니다."

노형진은 당장 사설 구급차를 불러서 그를 데리고 근처에
있는 다른 대학 병원으로 들어갔다.

"병실은 1인실로 주시고. 해 줄 수 있는 모든 걸 다 해 주
세요."

"네?"

노형진의 말에 접수하던 계원은 깜짝 놀랐다. 보통 사람들은 이런 경우에 최대한 돈을 아끼려고 하는데 도리어 다 해 달라니?

"제가 냅니다. 그러니까 다 해 주세요."

"하지만 그건……."

"거참, 내가 보증한다니까요."

우기다시피 해서 안으로 들여보낸 노형진도 혹시 모를 사태에 대비해서 병원에 입원해서 재검사를 받았다. 하는 꼴을 보아하니 제대로 검사했는지조차도 의심스러웠기 때문이다.

"멀쩡하네. 뭐해?"

"회사에 연락해서 거기에 입원한 다른 직원들도 모두 다른 쪽으로 돌리라고 했어."

"그래? 하긴 그럴 만하겠네."

나중에 사정을 들은 노현아는 고개를 절레절레 흔들었다. 죽을지도 모르는 사람을 돈이 안 된다는 이유로 그것도 소방관을 내보낸다는 것은 그녀로서도 이해할 수 없는 일이었기 때문이다. 하물며 그는 노형진을 구해 준 은인이다.

"참 어이없네."

"그렇지?"

소방관들은 공무원이다. 문제는 지방직이라는 것이다.

즉, 정부가 아닌 지방에 고용되는 형태를 취한다. 그런데 이런 경우 그들에게서 제대로 보급이 나오지 않는다.

'잊고 있었어.'

이 문제는 단순히 지금의 문제가 아니다. 10년 후까지도 계속되며 그 때문에 수많은 소방관들이 목숨을 잃어버렸다.

"소방관들이 문제가 많은가 봐?"

"엄청 많지."

제대로 지급되지 않는 보급품들, 내구연한을 훌쩍 넘은 장비들, 부족한 인력, 그리고 사람을 구하다가 다치면 징계를 먹는 황당한 규칙까지.

"그런데 그게 화낼 일이야? 솔직히 정부의 일이잖아."

"정부의 일이지. 그런데 이게 잘못되면 그 후에 피해 입는 게 누구라고 생각해?"

"음……."

"당장 나를 봐. 불이 났을 때 소방관이 없었다면 타 죽는 건 나였어. 그런데 저 사람은 날 구하러 들어왔고, 그 덕분에 난 살았어. 문제는 다른 사람을 구하러 갔다가 그가 다쳤다는 거야."

"그렇지."

"이런 식으로 소방관들이 죄다 사라지고 부족해지면 과연 불났을 때 누가 구해 주는데?"

"그건 그러네."

"이건 말도 안 되는 짓거리야."

당장 부자들과 정치인들의 눈에 보이지 않는다고 그들의 예산을 깎을 게 아니다. 부자들과 정치인들이야 사는 것에 소방시설이 잘되어 있겠지만 대부분의 국민들은 소방관들에게 자기 목숨을 구조되어야 한다.

"더군다나 구급차 문제도 그래."

"그게 왜?"

"구급차가 사고 나면 누가 고쳐야 하는지 알아?"

"응?"

"소방관이야."

그뿐만이 아니다. 사람의 목숨이 왔다 갔다 하는 상황에서 구급차는 신호 위반을 할 수밖에 없다. 그를 살리기 위해서는 신호를 다 지키면서 갈 수는 없기 때문이다.

하지만 만일 그런 일로 인해 벌금이 나오거나 벌점이 나오면 그 돈은 소방관이 내야 하며 심지어 구급 요원의 운전면허가 박탈당한다.

"소방관들에게 특혜를 주자는 건 아니야. 하지만 그들은 국민들을 구하는 사람이라고. 히어로가 따로 있는 게 아니야. 그 사람들이 바로 히어로야. 그런데 그런 사람들을 대우는 못 할망정 지금 뭐하는 짓이냐고."

노형진은 실로 분노했다. 어쩌면 자신을 구해 준 은인이라서 더 그럴지도 몰랐다. 하지만 정상적이지 않은 상황이라는 것은 누구보다 확실하게 알고 있었다.

"하지만 우리가 할 수 있는 게 없잖아?"

"왜 없어?"

"너, 설마······."

노현아는 노형진의 성격을 잘 알고 있었다. 잘못된 걸 보면 그냥은 못 넘어가는 타입.

'아이고, 맙소사.'

더군다나 이번에는 자신과 동료들의 목숨까지 구해 준 사람이니 그냥 넘어갈 노형진이 아니다.

"아, 난 모른다. 내가 말린다고 해서 네가 안 할 것도 아니고."

노형진의 성격을 아는 노현아는 그냥 고개를 끄덕거릴 뿐이었다.

⚖️

"도와주신다고요?"

"네, 전 잘나가는 변호사입니다. 그러니까 제 목숨을 구해 주신 보답을 하고 싶습니다."

이창직 소방관은 고개를 흔들었다.

"소용없습니다. 우리도 몇 번이나 해 봤는걸요."

"네?"

"뭐든 다 해 봤습니다. 하지만 바뀌는 게 없어요."

"네?"

"우리라고 안 해 봤겠습니까? 아시겠지만 우리는 매일 목숨을 걸고 일합니다. 누구보다 상황이 급하다는 걸 알고 있지요. 당연히 별수를 다 써 봤습니다."

장비가 없으면 맨몸으로 불과 싸워야 한다. 또 제대로 치료받지 못하면 엄청난 후유증이 남는다. 당장 소방관 중에 순직하는 사람보다 자살로 죽는 사람이 더 많다는 게 그들의 현실을 알려 주고 있었다.

"하지만 소용이 없었습니다."

자신들이 소송해도 바뀌는 것은 전혀 없었다.

"물론 소송에서는 이겼죠. 네, 이기기는 했죠. 그런데 이긴 것뿐입니다. 당장 이겨도 바뀌는 것이 없는데요. 당장 제가 받아야 할 야근비가 5년 치가 밀렸는데 못 받고 있습니다. 소송요? 했지요. 이겼어요. 그런데 안 줍니다."

달라고 하면 배 째라고 나와 버린다. 돈이 없다는 것이다. 그렇다고 강제로 어떻게 할 수도 없다. 결국 그 돈은 받지 못한 채로 시간만 계속 흐르고 있는 상황.

"모든 게 다 그래요. 법적으로 해서 이기기는 했죠. 하지만 결국 민사잖아요. 안 주면 그만이에요."

그렇다고 자신들이 뭘 어떻게 할 수는 없다. 일단 법적으로 자신들의 고용주들이라서 이 이상 저항하면 자신들은 빼도 박도 못하고 해직당하게 된다.

"결국 우리가 할 수 있는 것은 아무것도 없어요."

이창직 소방관은 고개를 푹 숙였다.

"흠……."

'안 준다 이거지…….'

저들은 알고 있다, 자신들이 갑이라는 사실을.

어차피 형사소송은 할 수는 없다. 그럼 결국 해 봐야 민사소송인데, 상식적으로 민사소송을 하면 안 주면 받아 내는 방법은 단 하나, 바로 압류뿐이다.

문제는 소방관들은 공무원이고 상식적으로 자신들의 직장인 지방자치단체에 압류를 걸 수가 없는 신분이라는 것이다. 법적으로 막는 것은 아니지만 그걸 거는 순간 어떻게 해서든 그를 쫓아낼 테니까.

'하긴 위쪽 놈들 인성은 끝내주지. 대표적인 게 '도지삽니다' 사건이니. 근데 그거 안 벌어지려나?'

도지삽니다. 사건은 모 도지사가 다짜고짜 119에 전화해서 책임자가 누구냐고 캐물은 사건이다. 당연히 119는 장난 전화인 줄 알고 끊어 버렸고, 그 당시 응대했던 두 사람은 결국 해직되었다가 여론이 안 좋아지자 복직되었다.

물론 그 후에도 그 정치인의 119에 대한 보복은 얼마간 계속되었다는 게 문제다.

"우리가 할 수 있는 게 전혀 없습니다."

이창직은 고개를 푹 숙였다. 자신뿐만 아니라 수많은 소방관들이 목숨을 걸고 사람들을 구하지만, 그들에게 돌아오는 것은 적은 월급과 제대로 지급도 안 되는 장비와 노예처럼 부려 먹히는 신분뿐이다.

"하다못해 국가직이라도 된다면 이런 일은 없을 텐데……."

그러나 정부는 국가직이 아닌 지방직으로 못을 박았고 가뜩이나 권력이 될 만한 것도 없어서 힘이 없는 소방 조직은 제대로 된 저항도 할 수가 없었다.

"그런가요?"

"네, 그 돈을 받았더라면 제가 그 병원에서 그렇게 비참하게 쫓겨날 리가 없지요."

우울한 얼굴이 되는 소방관을 보면서 노형진은 고개를 끄덕거렸다.

"확실히 소방관으로서는 할 수 있는 게 없지요."

보복을 피하면서 그들이 제대로 된 대우를 받는 것은 불가능에 가깝다. 당장 소방관들의 신분을 올릴 방법이 없으니까.

"그나마 나오는 것도 죄다 가짜 아니면 목장갑이니……."

원래 이런 장비는 당연히 최고 품질을 가지고 있어야 한다. 하지만 윗선에서는 가짜 방화복을 보내기도 하고, 심지어 소방 장갑을 요청했더니 목장갑, 그것도 고무 코팅이 된 절연 목장갑이 오기도 했다.

이게 미친 짓인 게 화재 현장에서 쓰는 장갑에 고무 코팅이 되어 있으면 당연히 뜨거운 열기에 녹아 버린다. 그리고 그렇게 녹아 버린 고무는 피부에 들러붙어서 피부를 익혀 버리기 때문에 피부째 통째로 뜯어낼 수밖에 없게 만든다. 애초에 소방 관계자라고 위에 앉은 놈들이 소방에 대해서 전혀 모르는 놈들뿐이니 그런 일이 벌어지는 것이다.

"결국 그냥 버티는 수밖에 없습니다."

이창직은 고개를 푹 숙이면서 중얼거렸다. 그만 해도 노형진이 도와줘서 제대로 된 진료를 받고 있지만 대부분의 소방관들은 그게 불가능하다.

"그 부분은 제가 좀 도와 드릴 수 있겠네요."

"아까도 말씀드렸다시피 소송에서는 이겼습니다. 다만 정부에서 안 줄 뿐이지요. 아니, 정부도 아니군요. 지방직이라……."

압류를 거는 순간 자신들은 해직이다. 가족을 먹여 살릴 수 있는 최소한 방법이 없어지는 것이다.

"압니다. 직접적으로는 그렇지요. 하지만 아까도 말씀드렸다시피 전 변호사입니다. 그것도 아주 유능한 변호사지요."

"설마 방법이 있단 말씀이십니까?"

"네. 후후후."

방법은 있었다. 다만 다른 변호사들은 대부분 그 방법을 모르거나 안다고 하더라도 그다지 돈도 안 되는 소방관들을 위해서 귀찮게 움직이기 싫었던 것뿐이다.

"그러니까 저한테 맡기세요. 제가 확실하게 도와 드릴 테니까. 생명의 은인이시니까요. 여러분은 이 시대의 영웅입니다. 제가 영웅들을 위해 영웅 노릇 한번 해 드리죠. 으하하하!"

노형진의 말에 이창직의 얼굴에는 기쁨의 미소가 떠오르기 시작했다.

나는야 안티히어로

"뭐라고?"

노형진의 말에 송정한은 깜짝 놀랐다.

"소방관들을 위해서 말인가?"

"네."

"그거야 좋은 생각이기는 한데…… 너무 피해가 크지 않나?"

"피해는 전혀 없습니다. 아실 텐데요?"

"끄응…… 그러니까 법적으로 보면…… 그렇지, 피해는 없겠지……. 이득도 없겠지만."

노형진의 말을 차근차근 생각하던 그는 결국 인정할 수밖에 없었다. 생각하지 못했지만 노형진의 방법은 기발하고 생각지도 못한 방법이었다는 것을 말이다.

"뭐, 단시일 내에는 약간 피해가 있는 것처럼 보일 수도 있죠. 하지만 현행법상 불법도 아니고 저도 적당한 이득을 취할 수 있으니 손해 보는 건 아닙니다. 도리어 받아야 하는 돈을 못 받은 소방관들이 손해죠."

"소방관들은 뭐라고 하나?"

"이창직 씨와 함께 일하는 소방관들은 모두들 동참하신답니다. 밀린 게 너무 많아서 어차피 포기한 상태고 자신들에게 피해가 올 것도 아니니까요."

"그렇기는 한데……."

송정한은 걱정이 많았다.

"현행법상 문제는 없는데 말이지."

노형진이 쓰려고 하는 방법은 간단했다. 바로 채권의 거래.

"맞습니다. 그렇기 때문에 우리가 해야만 하는 거죠."

채권의 거래란 말 그대로 채권, 즉 돈을 받을 권리를 사고파는 것이다.

기본적으로 채권은 다른 사람에게 양도하거나 돈을 주고 사고팔 수 있다. 그건 명백하게 합법이다. 그 대표적인 예가 바로 주식이다. 주식이라는 것은 투자금에 대해서 회사로부터 돈을 받을 수 있는 권리이니까 그것 말고도 수많은 업체에서 부실채권을 싸게 구입해서 수익을 내고는 한다.

"하지만 그런다고 지자체에서 돈을 줄 것 같지는 않은데?"

"그렇지요. 하지만 안 줄 수는 없습니다. 채권이 넘어간 이상 전 명백하게 제삼자이고 그동안 그들이 써먹던 방식은 써먹을 수 없으니까요."

소방관들에게 돈을 주지 않는 그들의 행동은 한 가지 이유에서 기인한다. 바로 소방관들이 자신들의 직원이라는 것. 자신들에게 저항할 경우 그들은 소방관들을 해직하거나 불이익을 줄 수 있는 권한이 있으니 억울한 마음에 소송했다고 하더라도 소방관들이 돈을 달라고 할 수 있을 리가 없다.

"하지만 전 명백한 제삼자지요."

지자체와 전혀 관련이 없으며 전혀 불이익을 받을 이유가 없는 사람이 바로 노형진이다. 더군다나 법적으로 거래된 채권은 보호받는다.

"이미 거래 통지가 도착했을 겁니다."

"음……."

노형진은 일단은 시험 삼아서 지난번에 자신들을 도와준 소방관들에게 방법을 설명하고 그들이 받지 못한 야근비와 추가 수당 등에 대한 채권을 구입했다.

'그게 한두 푼도 아니고 기가 막히는구만.'

그 돈이 무려 2억 4천만 원. 한 소방서에서 그 정도 돈을 고용자라는 이유로 안 주고 있었던 것이다. 소방관 한 사람당 거의 3천만 원 돈. 즉, 거의 연봉을 돈이 없다는 이유로 안 주고 있었던 것이다.

'아마도 법적인 지급 시효가 지나가는 것을 기다리고 있겠지.'

법적으로 채권은 지급 시효가 있다. 그 시간이 지나면 안 줘도 된다. 그 시효는 10년이니까 공무원으로 있는 이상 달라고 하기 쉽지 않은 점을 생각하면 거의 방법이 없다는 뜻이다.

"그러니까 이번에 시험 삼아 해 보는 겁니다. 안 된다고 해도 저만 손해 보면 되니까요."

"2억이 넘는 돈인데?"

"그 정도면 제 목숨 값으로는 싼 겁니다."

노형진은 이미 그 채권에 대한 값으로 2억 4천을 지급한 상황이다. 만일 받는 데 실패하면 그 돈은 날리는 돈이 된다.

"아마 지금쯤이면 저쪽에서는 무슨 일인가 하고 그냥 대충 생각하고 있을 겁니다."

노형진의 눈빛에서는 광기가 떠올랐다.

"세상은 영웅을 필요로 하지만 가끔은 악당도 필요로 하는 법도 있지요. 그러니 제가 기꺼이 악당이 되어 드리지요. 후후후."

"도지사님, 어서 오십시오!"

"커흠……."

도청으로 들어오는 전광팔 도지사. 그는 모가지에 힘을 뻣뻣하게 주고 출근하고 있었다.

"오늘도 좋아 보이십니다, 도지사님."

"허허허, 다 여러분들 덕분입니다."

거들먹거리는 그를 보면서 심 과장은 이를 빠드득 갈았다.

'지랄하네, 개새끼.'

전광팔이 도지사가 되자마자 가장 먼저 내린 명령이 자신이 출근할 때 전 직원이 입구에 서서 인사하라는 것이었다. 집단은 그 수장에게 존경을 표해야 잘 돌아간다면서 말이다.

"그래, 별일은 없지요?"

"네."

비서실장은 그의 앞에서 살랑거리면서 안으로 모셨다.

"들어가시지요."

그가 출근한다는 말에 20분 전부터 엘리베이터를 잡고 있던 직원은 그가 들어갈 수 있게 비켜 줬고, 그는 그걸 타면서 비서실장에게 불만을 토로했다.

"언제까지 이런 걸 타야겠습니까? 그냥 전용 엘리베이터를 하나 만드세요."

"새로 만드는 건 힘들고 기존 엘리베이터를 전용으로 바꿀까요?"

"기존 걸 그대로 쓰는 건 영 도지사로서의 품격이 없지."

"하지만 건물 형태도 그렇고 아무래도 공사비가……."

"끄응…… 하는 수 없지요. 그냥 새로 하나 잡아서 리모델

링하세요. 그러면 될 거 아닙니까?"

"네, 새로 리모델링해서 도지사님 전용 엘리베이터를 만들겠습니다."

"나 같은 도지사는 없을 겁니다. 하하하."

그가 그렇게 올라가는 것을 보면서 사람들은 분분히 흩어지고 심 과장은 한숨을 푹 쉬었다.

"씨발, 이게 뭔 짓이야? 언제까지 이래야 해?"

"맞아. 저 망할 새끼가 정신을 차릴 것 같아?"

"야, 정치인들의 진리 모르냐? 저 새끼들이 정신을 차리는 시기는 딱 선거철뿐이잖아."

"그렇지. 끄응……."

"아오, 이 짓을 그럼 얼마나 더해야 해?"

"'얼마나 더해야 해?'가 아니야. 도지사 바뀐다고 안 할 것 같냐?"

"끄응…… 그러네."

정치인들은 자기를 과시하기 위한 예전에 집착하는 성향이 강하다. 전임자가 이렇게 성대하게 출근했는데 과연 다음 도지사가 그걸 안 받으려고 할까?

"당연히 그놈도 받으려고 하겠지."

"아, 골 때리네."

한숨을 푹 쉬면서 안으로 들어가는 사람들. 그런데 심 과장은 들어가다 말고 한구석에서 히죽 웃고 있는 사람을 발견했다.

"뭐야? 최 과장, 이 상황에서 웃음이 나와?"

"그런 일이 있어."

"그런 일?"

최 과장은 심 과장의 동기다. 평소에는 자신보다 더 투덜 거리는 인간이었는데 오늘은 웬일인지 투덜거리기는커녕 피식피식 웃고 있었다.

"아, 얼마 전에 신청한 서류가 거부되었거든."

"서류? 무슨 서류?"

"소방관들 소송해서 받기로 한 수당들 말이야."

심 과장은 한심스러운 듯한 얼굴이 되었다.

"당연히 그거 안 주지. 줄 거라고 생각했어?"

그걸 줄 돈이 있으면 자기 관용차를 더 새 거로 바꾸라고 하는 녀석이 지금 도지사인 전광팔이다.

"맞아. 올렸는데 바로 퇴짜 맞아서 돌아오더라고."

"예상 못 했나?"

"했지. 그런데 이번에는 그렇게 안 될 것 같거든."

"무슨 소리야?"

"말했다시피 이번에는 그렇게 쉽게는 안 될 거야. 솔직히 보고서를 제대로 봤다면 그렇게 바로 퇴짜를 놓지는 않았을 텐데, 바로 퇴짜 놓은 걸 보니까 소방관 잔업수당이라고 제 대로 보지도 않은 것 같더라고."

"그런데?"

"그런데 말이지…… 후후후, 이건 비밀인데……. 이리 와 봐."

최 과장은 심 과장의 귀에 대고 뭐라고 소곤거리기 시작했고 그 말을 들은 심 과장의 얼굴이 묘해졌다. 당황하면서도 웃음을 참으려고 하는 듯한 얼굴이었다.

"그 말이 진짜야?"

"진짜라니까."

"큭큭…… 그게 오늘이라고?"

"그래, 이따가 기대해 봐도 될걸?"

"이거 다른 사람들한테 이야기해도 돼?"

"부장급 이상은 모르게 해라."

"큭큭, 오케이……. 이거 간만에 속이 뻥 뚫리겠는데?"

그는 서둘러서 사무실로 향했고, 그렇게 사방에서 어떤 소문이 들리기 시작했다.

⚖

"김 비서."

"네."

전광팔은 인터폰을 눌러서 비서를 불렀다.

"김 양 들어오라고 해."

"김 양 말씀이십니까?"

"그래."

"알겠습니다."

김 비서는 더 이상 말하지 않았다. 김 양은 전광팔이 데리고 온 직원이다. 소위 말하는 낙하산으로 고용한 사람이다.

"김 양, 도지사님이 잠깐 보잔다."

"오빠가?"

"오빠라니! 여기 있는 동안에는 도지사님이라고 했지!"

"흥."

고개를 휙 돌리면서 안으로 들어가는 김 양을 보면서 김 비서는 이를 박박 갈았다.

'망할 놈.'

그가 데리고 온 그녀는 진짜 공무원이 아니다. 권력으로 뽑았지만 절대로 유능해서 뽑은 게 아니다. 도리어 다른 목적으로 뽑은 것이다.

"오빵!"

"오오, 김 양. 어제 잘 들어갔어?"

"그럼 잘 들어갔찡."

"어우구, 예뻐라. 우쭈쭈."

그녀가 들어오자 당장 근엄이라는 가면을 벗어 버리고 본색을 드러내는 전광팔.

그는 눈을 벌게져서 김 양을 바라보았다.

"그래서 내가 어제 선물한 다이아는 마음에 들어?"

"완전 짱 좋아."

"그렇지? 흐흐흐."

원래 내연 관계였던 그 둘은 전광팔이 도지사가 되자 월급이라도 줄 생각으로 그를 비서로 취업시킨 것이다. 물론 그 과정에서 육체적 거래가 있었던 것은 당연한 일.

"그나저나 이번에 미국 간다면서?"

"일 때문에 순방 가기는 하지."

"나도 데리고 갈 거지?"

"그럼 우리 김 양을 안 데리고 가면 누굴 데려가?"

"와! 짱 좋다!"

"나도 좋아. 흐흐흐."

그렇게 눈이 벌게져서 침을 흘리던 그때였다. 갑자기 문을 두들기는 소리가 들려왔다.

"도지사님."

"뭐야!"

"저기…… 손님이 오셨는데…….."

"손님? 이 새끼야! 내가 김 양하고 대화할 때는 받지 말라고 했잖아!"

이 시간을 방해받기 싫어서 인터폰까지 내려놨다. 그런데 그걸 알면서도 방해한다는 사실에 그는 분노했다.

'저 새끼 잘라 버릴까?'

마음 같아서는 그렇고 싶었다. 하지만 그다음 말에 그런 생각을 할 수가 없어졌다.

"도지사님, 당장 안 열어 주면 부숴서라도 들어가겠답니다."

"경비를 불러!"

"죄송합니다. 경비가 막을 수 없는 사항인지라……."

"경비가 못 막아?"

그렇다면 높은 직급의 사람일 수도 있다는 소리였다.

"일단 내려가 봐."

"넹, 오빠!"

전광팔의 무릎에서 내려와서 일단은 옷을 단정하게 하는 김 양.

그녀 역시 지금 상황에서 조심해야 한다는 것쯤은 알고 있었다.

"들여보내."

"네."

비서의 목소리가 들리고 문이 열리면서 여러 사람들이 들어왔다.

"뭐야?"

자신을 찾아오고 막을 수 없다기에 상당히 높은 자리에 있는 사람인 줄 알았는데 문 안으로 들어오는 사람들은 허름한 옷을 입고 있을 뿐이었다.

"너 뭐야?"

"법원에서 나왔습니다."

"법원? 법원에서 왜 나와?"

"여기 압류 영장입니다."

"압류 영장?"

그걸 받아 든 전광팔은 얼떨떨했다. 그가 내미는 걸 받아 보니 진짜로 법원에서 제출한 압류 영장이었다.

"이게 뭐야!"

"보다시피 압류 영장입니다."

"아니, 이게 왜 나오냐고!"

"당연히 압류를 집행하기 위해서 하는 겁니다. 일단은 이곳에 대한 압류를 시작하겠습니다."

"뭐?"

하지만 그가 뭐라고 하든 압류관들은 도지사실에 있는 모든 물건에 압류를 표시하는 붉은 딱지를 덕지덕지 붙이기 시작했다.

"이게 뭐야! 무슨 일이야! 김 비서! 이거 어떻게 된 거야!"

"그게…… 저도 잘……."

김 비서는 애써 모른 척했다. 물론 그 내면에는 무슨 일이 벌어지고 있는지 알고 있었다. 하지만 그는 모른 척하기로 했다. 이참에 혼구멍 좀 나 보라는 뜻이었다.

"이 새끼들 뭐야! 경비 불러서 쫓아내!"

"도지사님, 아무래 그래도 법원 영장을 집행하는 사람들입니다. 저희는 막을 수가……."

"막으라면 막아!"

"법원 명령이 있어서……."

결국 전광팔은 멍하니 그들이 하는 것을 바라볼 수밖에 없었다. 하지만 그의 고난은 지금부터 시작이었다.

⚖️

"이이익……."

전광팔은 이를 빠득빠득 갈았다. 누가 찍었는지 모르지만 붉은색 딱지가 덕지덕지 붙어 있는 자신의 사무실과 역시 압류 딱지가 붙어 있는 관용차까지 찍어서 신문에 내 버린 것이다.

누가 찍었는지 알 수는 없지만 그는 이루 말할 수 없는 창피를 당하고 있었다.

소방관의 수당을 지급 거절한 지자체 압류 시작

○○ 도청 도지사실과 도지사의 관용 사량 압류당해

이번 사건을 담당하는 새론에서는 압류에 관하여 최대한 공무에 방해되지 않는 선에서 해결하기 위해서 노력하겠다는 의견을……

"망할 놈들!"

공무에 방해되지 않는 선에서 하겠다는 의견. 이게 문제였다. 차라리 아랫놈들 물건이나 비품을 압류하면 공무 집행 방해라고 태클을 걸겠는데 도지사실에 있는 고급스러운 의자나 그림, 화분, 자신 전용 관용차같이 공무에 전혀 도움이 안 되는 물건을 압류하는 바람에 사람들을 킬킬거리면서 도지사인 그를 비웃었음에도 할 수 있는 게 없었다.

의자야 쌓인 게 의자와 탁자이니 화분 없다고 일을 못 하는 건 아니다. 책상도 재고가 넘쳐난다. 관용차 같은 경우는 전용 관용이 아니라 하더라도 다른 관용차가 있으니 타고 움직이는 데 전혀 지장이 없다. 물론 자신의 관용차처럼 고급스럽지 않다는 게 문제지만.

"이게 뭐야!"

결국 신문을 집어 던지는 전광팔. 하지만 비서는 모른 척했다.

"그걸 지급하지 말라고 하신 분은 도지사님입니다."

"내가 언제!"

"지난번에 지급 요청서를 몇 번이나 반려했습니다."

"윽……."

그는 어렴풋이 기억났다. 얼마 전에 올라온 소방 관련 비용의 지불을 거부한 것이 말이다.

"그렇다고 감히 내 걸 압류해? 이 새끼들이 미쳤나! 다 잘라 버려!"

"도지사님, 이번에 청구한 것은 소방관들이 아닙니다."

"뭐?"

당연히 소방관들이 신청했을 거라 생각하고 있던 전광팔은 깜짝 놀랐다.

"뭐? 그 새끼들이 한 게 아니라고?"

"네."

"그럼 누가 한 거야!"

"소방관들이 자기들 채권을 어디다 팔았습니다."

"어디다!"

"새론채권추심이라고……."

그는 자신의 귀를 의심했다.

"거기는 소송을 담당하는 곳 아니었어?"

"아닙니다. 이번 사건은 새론에서 채권을 사서 그들이 당사자입니다."

"이런 씨발, 미친 거 아냐?"

새론은 로펌, 즉 법무 법인이다. 그런 만큼 당연히 '압류 등 대리할 거라 생각해서 그저 새론이라는 이름을 무심하게 넘어갔다. 그런데 그들이 채권을 사서 당사자가 되었다고?

"네, 소방관들은 그들에게 채권을 판 것으로 확인되었습니다."

"이런 씨발……."

그러면 일이 곤란해진다. 소방관들이야 자신들이 마음대로 할 수 있다지만 새론은 마음대로 할 수 없다.

"왜 보고를 안 한 거야!"

"보고서에 올렸습니다."

그걸 제대로 안 보고 일단 소방관 쪽 예산 요청이라고 잘라 버린 것은 전광팔이었다.

"이런 미친 새끼들! 제대로 보고를 안 해!"

"세 번이나 드렸습니다."

"어디서 말대꾸야, 이 새끼야!"

비서의 얼굴을 향해 날아오는 명패. 하지만 그는 여유롭게 그걸 피했다.

"이 새끼가 피해? 피해? 지금 그걸 피해? 죽을래?"

"그러시는 거 좋지 않을 텐데요?"

"뭐야!"

그런데 대답은 그에게서 들린 게 아니었다. 고개를 돌려 보니 문에 한 남자가 기대서 있었다.

"너 이 새끼, 뭐야! 누가 들어오래!"

"반갑습니다. 노형진이라고 합니다."

"노형진?"

전광팔은 움찔했다. 얼굴을 모르지만 새론이라는 이름과 관련된 노형진이라는 이름은 모를 수가 없었다.

희대의 법률 천재.

적은 가차 없이 분쇄하고 자신들의 사건은 어떻게 해서든 이기는 괴물.

건드리고 살아남은 곳이 없다는 녀석.

"여기는 어쩐 일로 온 건가?"

갑자기 분위기를 바꾸면서 근엄하게 목소리를 까는 전광팔.

"어쩌기는요. 압류했으니까 경매 절차에 들어가야지요."

"경매 절차? 이 새끼야! 여기가 어딘지 알고 경매 절차야!"

"채무자의 사무실이죠."

"죽으려고 환장했나?"

결국 폭발한 전광팔이 화를 참지 못하고 기다란 명패로 노형진을 팰듯이 달려들었다. 하지만 노형진은 슬쩍 옆으로 비키면서 살짝 열려 있던 문을 밀었다.

"아까도 말씀드렸다시피 경매 절차라고 했잖습니까?"

문이 활짝 열리면서 보이는 수많은 사람들.

경매관과 경매 참가자들 그리고 그걸 취재하려고 와 있던 기자들.

"이……."

기다란 명패로 노형진을 패려고 하던 그는 주춤주춤 물러났다. 하지만 이미 상황은 끝났다.

"그거 내려놓으세요. 그것도 경매 물품입니다."

노형진의 말이 끝나기 무섭게 터지기 시작하는 플래시에 전광팔은 혼이 멀어지는 느낌이었다.

그런 그에게 귓가로 김 비서의 목소리가 울려 퍼졌다.

"오늘 온다고 보고 올려 드렸잖습니까? 제발 보고서 좀 제대로 읽어 주십시오."

⚖️

"으하하하!"

노형진은 미소를 지었다.

결국 같은 수모를 참지 못한 전광팔은 그동안 주지 않았던 비용을 모조리 토해 냈다. 자기 돈도 아니니 사실상 주는 데 지장은 없었다. 이럴 때를 대비한 예비비도 있었지만 단순히 아깝다고 안 주던 돈인 만큼 지불 처리되는 데에는 오래 걸리지 않았다.

"생각보다 쉽게 주는군."

"결국 공무원이 일하는 것은 자기한테 얼마나 불이익이 오느냐에 따라 달라지니까요."

공무원은 불이익을 오지 않으면 일하지 않으려는 성향이 강하다. 반대로 불이익에 대한 조그마한 가능성이 있으면 그것도 하지 않으려고 한다.

"더군다나 도지사니까요."

도지사는 선출직이다. 이런 문제로 언론에 나가 봐야 다음 선거에서 불리해질 뿐이다.

'멍청하기는.'

그가 포기한 데에는 다른 이유가 있는 게 아니었다. 언론

에 '전광팔 도지사, 명패를 들고 행배 부려'라는 제목의 뉴스
가 나오자 더 이상 버틸 수 없다고 생각했기 때문이다.

도지사는 선출직인데 이런 식으로 이름이 더러워지면 다
음 선거에서 불리해진다.

"결국은 이런 일은 아래를 족쳐 봐야 소용없습니다. 위를
직접적으로 족쳐야지요."

"거참……."

법적으로 소방관들은 지방직이다. 당연히 그 임금을 주는
것은 지방자치단체들이어야 한다.

하지만 그들은 소방관들에게 임금을 주는 대신에 새로운
사람들에게 더 좋은 물건을 사 주는 데 그 돈을 투자한다.

"하여간 효율적이기는 하군."

"일단은 이번 일에 대해서는 자네 생각이 맞은 것 같네.
자네 말마따나 바로 지급하는 걸 보니 말이야. 그럼 계속할
생각인가?"

"그럴 생각입니다. 일단 효과를 봤으니까요."

한번 효과를 본 이상 다른 방법을 쓸 이유가 없다. 한번 당
한 만큼 또다시 창피를 당하기는 싫을 테니 말이다.

"일단은 다른 분들을 설득하는 게 중요하다고 생각합니다."

전국에는 이런 식으로 돈을 받지 못하는 소방공무원들이
많다. 그런 사람들을 설득해서 일부라도 조금씩 채권을 구입
해서 소송해야 할 기점이다.

"이제 사람들을 모아서 채권을 구입하면 될 겁니다."

"소방관들이 거절하지는 않을까?"

"거절하는 분들은 안 하면 됩니다. 하지만 거절하는 분은 별로 없을 것 같네요. 이번 일에서 보시다시피 지자체에서는 애초에 그 돈을 줄 생각이 없는……."

노형진이 다음 계획에 대해서 설명하고 있을 때 전혀 생각하지 못한 전화가 그에게 왔다.

띠리잉.

"네, 노형진 변호사입니다."

─여보세요? 노 변호사님?

"네? 누구시죠?"

─저, 이창직 소방관입니다.

"아! 안녕하세요. 몸은 좀 어떠세요? 건강하신가요?"

이창직은 현재 노형진의 배려로 병원에서 진료받고 있는 중이었다. 그런데 그의 목소리가 무척이나 다급했다.

─노 변호사님, 큰일 났습니다.

"무슨 일이신데요? 병원에서 나가라고 합니까?"

분명 자신이 진료비 전액을 낸다고 했기 때문에 노형진은 눈을 찌푸렸다. 그를 쫓아낼 이유가 없었기 때문이다. 그런데 생각지도 못한 말이 들려왔다.

─제 동료들이 징계당했습니다.

"뭐라고요? 징계요?"

–네!

"아니, 그게 말이나 됩니까!"

동료들이 징계당했다는 소리에 노형진은 벌떡 일어났다.

"도대체 이유가 뭡니까?"

–그게, 공직자의 명예를 더럽혔다고…….

"더럽혔다?"

–네, 돈독이 올라서 채권을 팔았다는 식으로…….

"이 새끼들이 정말 미쳤나? 보아하니 감봉이죠?"

–어떻게 아셨습니까?

"당연한 거 아닌가요?"

공직자의 명예를 더럽혔다는 것은 말도 안 된다. 공직자라고 해도 먹고살아야 하고 가족들을 부양해야 한다.

그럼에도 불구하고 처벌한 이유는 간단하다. 경고다. 그렇게 해야 다른 소방관들이 노형진에게 채권을 팔지 못하니까.

감봉인 이유도 뻔하다. 무려 수천만 원의 돈이 펑크가 났으니 그걸 어떻게 해서든 메꿔야 한다. 그런데 당장 소방관을 정직시키기에는 당장 일해야 하는 사람들이 부족하다. 지금도 기준의 절반밖에 인원이 없는 상황이다. 그렇다면 가장 좋은 방법은 뭘까? 다름 아닌 감봉이다. 감봉은 월급을 깎는 것을 말한다.

'이런 미친놈.'

노형진은 이것이 전광팔의 보복이라는 것을 어렴풋하게

느낄 수 있었다.

—이거 어쩌죠?

"그 부분은 제가 알아서 하겠습니다. 걱정하지 마세요. 이 참에 소방관들을 만만하게 보는 버릇을 고쳐 놓을 테니까."

노형진은 이창직을 진정시키고는 전화를 끊었다. 하지만 정작 자신은 화가 나서 이를 빠드득 갈았다.

"뭔가? 소방관들이 징계받았대?"

"그렇답니다."

"아니, 왜?"

"간단합니다. 그들은 항의할 집단이 없으니까요."

소방관들은 다른 공무원들과 다르다. 경찰을 사건을 마음 대로 쥐락펴락할 수도 없고 그렇다고 다른 공무원처럼 뭉기 적거리면서 시간을 끌면서 떡고물을 요구할 수도 없다.

그렇다 보니 가장 급하게 움직이고 가장 필요한 집단임에 도 불구하고 가장 권력이 없어서 제대로 지원도 못 받는 것 이 현실.

"더군다나 다른 조직들은 다 국가직입니다. 하지만 소방 관은 지방직이죠. 즉, 다른 지방에 있는 집단과 함께 뭔가를 한다는 것은 불가능하다는 소리이죠."

다른 지방에 있는 소방관들과 함께 연계하려고 한다는 것 은 노조를 만든다는 뜻인데, 현재 대한민국에 소방관 노조는 존재하지 않는다. 만들 수가 없다. 누구도 그걸 만들려고 하지도 않고 거기에 참여할 시간도 없기 때문이다.

"그러면 어쩔 생각인가? 설마 소송으로 하지만 시간이 오래 걸릴 텐데?"

부당한 징계인 만큼 소송을 걸면 이길 수는 있을 것이다. 하지만 그런다고 해서 저들의 행위가 멈출 것 같지는 않았다. 소송을 걸면 그에 대해서 다시 보복하는 게 저들의 방식이기 때문이다.

소송을 걸면 징계하고, 징계에 불복해서 소송을 걸면 그걸 가지고 또 징계하는 상황.

"행정심판을 걸 생각입니다."

"행정심판?"

"네, 그건 빠르니까요."

"하지만 그런다고 해서 감봉 액수가 줄어들까?"

노형진의 얼굴에 비웃음이 떠올랐다.

"감봉요? 전 액수를 줄이려고 하는 게 아닌데요?"

"뭐라고? 그게 무슨 소리야?"

"말 그대로입니다. 소방관들을 만만하게 보는 그 버릇을 고칠 생각입니다."

"하지만 무슨 수로?"

"그들이 필요한 이유를 대면 되지요."

"어떻게?"

"절 믿으세요. 아마 지옥을 보게 될 겁니다. 후후후."

법을 지키는 게 투쟁이라니

"이거 어쩌죠?"

"이대로는 가족들이……."

소방관들은 어두운 얼굴을 하고 있었다. 지자체에서 자신들을 찍어 누르겠다는 소리를 한다는 것 자체가 약자인 자신들로서는 대책이 없는 상황이었기 때문이다.

"걱정하지 마세요. 제 말대로 하면 됩니다."

"어떻게요?"

노형진은 웅성거리는 소방관들을 데리고 작전을 짜기 시작했다.

"지금 전광팔은 한 가지 가정을 가지고 우리를 대하고 있습니다. 우리가 절대로 대항하지 못한다."

"그렇지요."

"우리는 대항할 수가 없습니다."

대항하는 순간 해직이 닥쳐온다. 그건 어쩔 수 없는 현실이자 소방관이라는 사람들의 비애다.

"물론 대항한다면 그렇지요. 하지만 우리에게는 적당한 방법이 있습니다."

"방법요?"

"네."

"무슨 방법?"

"바로 준법투쟁입니다."

"준법투쟁?"

"네."

준법투쟁이란 법을 지키면서 사용자에게 손해를 주는 노동쟁의 방법을 말한다.

"우리나라는 국민들에게 법을 지키라고 하지요. 하지만 정작 정부와 대기업 그리고 수많은 갑들은 현행법을 지키지 않습니다."

대기업은 공공연하게 탈세나 분식 회계를 하고, 국가조차도 대놓고 법을 어기는 것이 현실이다. 법적으로 장애인 고용 비율이 명시되어 있는데도 장애인을 관리하는 복지부조차도 그 비율을 안 지키는 것이 현실이다.

"웃기게도 법을 지키라고 하는 사람들이 법을 더 안 지키

는 게 현실입니다. 즉, 이 나라는 위법적으로 운영되기 때문
에 문제인 겁니다."

"위법적으로?"

"네, 그렇기 때문에 우리는 법을 지킴으로써 그들을 압박
할 수 있습니다."

"어떻게요?"

"두고 보시면 압니다. 후후후."

노형진은 소방관들을 위해 약간 손쓸 준비를 하고 있었다.
그러나 그러기 위해서는 소방관들이 움직이지 말아야 했다.

"기다리세요. 제가 알아서 할 테니까요."

그들을 진정시키고 나오면서 노형진은 한숨을 쉬었다.

"웃긴 일이군. 법을 지키기 위해 현행법을 위반해야 하다
니. 나라가 개판이야."

그러고는 전화기를 들었다.

"네, 접니다. 설득했습니다. 이제 준비하시면 됩니다."

그렇게 짧게 통화하고 노형진은 미소를 지었다.

"어디 한번 버텨 봐라, 이 새끼들아."

⚖

"끄아아악!"

전광팔은 아침 일찍 출근하기 위해 나갔다가 자신도 모르

게 비명을 질렀다.

우우웅.

집 앞을 날아다니는 거대한 말벌들이 그의 앞을 가로막았기 때문이다.

"으아악!"

그 말벌들은 열을 받은 건지 단순히 자신들의 위용을 뽐내는 정도에서 만족하지 않고 직접적인 무력행사을 하기 시작했다.

"아아악!"

자신을 지키기 위한 경호원도, 자신을 데리러 온 운전기사도 없는 상황에서 그는 벌에 쏘이면서 바닥을 나뒹굴었다.

"살려 줘!"

전광팔은 처절하게 비명을 질렀고 그 비명을 들은 아내는 뛰어나오다가 깜짝 놀랐다.

"에그머니! 이게 뭐야"

문 앞에 나타난 말벌들.

그 말벌들이 전광팔이 문을 연 틈을 노리고는 잽싸게 안으로 들어온 것이다.

잠시 후 집 안에서는 처절한 비명들이 연이어 터지기 시작했다.

"끄아악!"

"아악!"

"엄마!"

그렇게 작은 해프닝이 그들을 패닉에 빠트리기 시작했다.

⚖️

"도지사님, 아무래도 도지사님 댁에 말벌 집이 생긴 것 같습니다."

"……."

비서의 보고에 도지사는 말을 하지 못했다. 할 수가 없었다.

'크크크.'

완전히 팅팅 부어서 침대에 누워 있는 그의 모습을 보고 있는 비서는 어떻게 해서든 웃음을 참으려고 노력했다. 그 모습이 마치 게으른 돼지를 연상시켰기 때문이다.

"웅얼웅얼웅얼웅얼."

"네?"

"웅얼웅얼웅얼웅얼."

"무슨 말씀이신지?"

도무지 뭐라고 하는지 도대체 알 수가 없었기 때문에 몇 번이나 웅얼거리는 도지사.

한참이 지나서야 비서는 그의 말을 알아들을 수가 있었다.

"소방관들을 불러서 제거하라고 해."

"그게……."

비서는 약간은 곤란한 표정이 되었다. 그럴 수밖에 없는 것이 이미 전화해 봤기 때문이다.

"안 된답니다."

"뭐라고?"

"안 된답니다. 그건 자기들 업무가 아니라고…….."

"무슨 개소리야? 그건 자기들이 할 일이지."

물론 이 간단한 대화를 나누기 위해서 상당한 시간이 걸렸지만 말이다.

하여간 소방관들이 안 된다는 말에 전광팔은 기가 막혔다.

"그게…… 엄밀하게 말하면 업무가 아니기는 합니다."

공식적으로 말하면 말벌 집 제거 업무는 정부에서 인정하는 업무가 아니다. 실제로도 소방관이 말벌 집을 제거하다가 사망했을 때 정부에서는 순직이 아닌 업무 중 사망으로 처리해 버렸다.

그들이 그걸 인정하지 않는 이유는 간단하다. 순직으로 잡는 경우 유가족에게 막대한 배상금이 나가야 하는데 그게 아까워서였다.

"그래서 출동하지 못한답니다."

"웅얼웅얼웅얼웅얼."

"네?"

"당장 치우라고 해."

"했습니다만……."

몇 번이나 했지만 소방관들은 절대 움직이지 않았다.

"으으으……."

전광팔은 이를 박박 갈았지만 도무지 방법이 없었다.

⚖️

"으아악!"

그가 며칠 만에 출근했을 때 도청은 난리가 난 상태였다.

"끼아악!"

사방으로 뛰어다니는 직원들. 그리고 아예 출근하지 못하는 직원들까지.

"사방에 말벌 집이 있습니다."

"이런 미친……."

사실 갑자기 말벌 집이 생기는 건 이상한 일이다. 당연히 그건 노형진이 몰래 손쓴 것이다. 적당한 말벌 집을 가져다 두면 그 주변에 말벌이 추가로 집을 올리니까.

하지만 도청에 그렇게 말벌 집이 생기자 민원인부터 근무자들까지 죽을 맛이었다.

"업체에 연락했습니다."

"망할 소방관 놈들."

업체에서 한번 출동하는 데에 드는 돈은 50만 원. 그런데 소방관은 공짜다. 당연히 소방관들에게 시켰지만 그들은 자기들의 업무가 아니라며 무시할 뿐이었다.

"일단은 밀린 업무가 많으니 들어가서……."

비서는 그를 서둘러서 안으로 들여보내려고 했다.

"도대체 왜 그러는데? 뭐야!"

그걸 보고 뭔가 이상하다고 생각한 그가 멈칫하는 순간 저 멀리 그 원인들이 달려왔다. 말벌을 피해서 아마도 건물 안쪽에 있었던 모양이다.

"이런 젠장!"

"젠장?"

그들은 다짜고짜 전광팔을 에워싸더니 피켓을 들었다.

"전광팔은 반성하라!"

"피도, 눈물도 없는 놈!"

"이 개만도 못한 자식!"

다짜고짜 욕을 먹은 전광팔은 어이가 없었지만 비서가 그를 강제로 데리고 들어갔기 때문에 뭐라고 대꾸하지도 못했다.

"도대체 뭐야?"

"동물 애호 단체에서 시위하러 왔습니다."

"동물 애호 단체? 아니 왜?"

"그게……."

소방관들의 업무에는 동물 보호가 들어가 있지 않다. 국민들이 당연하다고 생각하는 대부분의 업무는 사실 그저 대국민 차원에서 서비스하는 것뿐이다.

"얼마 전부터 소방서에서 동물 보호 같은 건 하지 않기 때문에……."

"뭐라고?"

"그게, 사실은……."

사람들은 무슨 일이 있으면 일단 소방관을 부른다. 동물 보호 문제도 엄밀하게 말하면 동물 보호 단체나 집단에 연락해야 한다. 하지만 그들은 숫자도 부족하다 보니 제대로 된 대응도 힘들고 잡는 건 꿈도 꾸지 못한다. 그래서 대부분은 소방관들이 도와준다. 즉, 업무가 아닌 것이다.

"아니, 그런데 도대체 왜 나한테 성질이야!"

"소방관들이 언론 플레이를 합니다."

"소방관? 그 무식한 놈들이 언론 플레이를 한단 말이야?"

"네."

"말이 돼! 그 새끼들은 머리에 똥만 찬 근육 덩어리들이야! 그런 놈들이 언론 플레이를 한다는 게 말이 되느냐고!"

전광팔은 길길이 날뛰고 있었다.

그때 좀 떨어진 공간에서는 누군가 미소를 지으면서 모자를 꾹 눌러썼다.

⚖

-말이 돼! 그 새끼들은 머리에 똥만 찬 근육덩어리들이야! 그런 놈들이 언론 플레이를 한다는 게 말이 되느냐고!

기자들은 노형진이 들려준 녹음에 입을 쩍 벌렸다.

"익명으로 제보가 들어온 내역입니다. 이것이 현 소방관들에 대한 대우입니다. 소방관들이 이런 대우를 받으면서 활동하고 있는 것이 현실입니다. 국민 여러분, 이 일을 잊어버리지 마십시오."

"그럼 소방관들은 당분간 준법투쟁을 계속하실 겁니까?"

"네, 규정대로만 할 겁니다. 저희가 더 이상 뭘 어떻게 할 수 있는 상황이 아니니까요. 많은 국민들이 아시다시피 소방관은 더 열심히 일할수록 자기에게 피해를 입힙니다. 다치면 자기 돈으로 치료해야 하는 데다 징계까지 받습니다. 사람을 구하다가 다쳤는데 징계받는 게 말이 됩니까? 그리고 업무 중이 아닐 때 누군가를 구하다 죽으면 그건 순직은커녕 업무상 사망도 아닙니다. 엄밀하게 말하면 소방직은 공무원일 뿐입니다. 그것도 정부의 소속이 아닌 지방자치단체의 공무원이죠."

"그래서요?"

"그래서 엄밀하게 말하면 소방관이 불을 제대로 못 끄면 그 배상 책임은 지방자치단체에게 있습니다."

"엥?"

"그게 무슨 소리입니까?"

다들 고개를 갸웃했다. 처음 들어 본 말이기 때문이다.

"말 그대로입니다. 소방관분들은 소방직 공무원입니다. 그 규정에 맞게 일해야 하지요. 그래서 그분들은 현재 규정에 맞게 일하고 있는 것뿐입니다. 문제는 이 규정이라는 게 윗선에서 책임을 피하기 위해서 만들어 낸 규정이라는 겁니다. 사람을 구하다가 다치면 소방관의 책임. 불을 끄다가 다치면 징계. 소방용품은 주지도 않고 소방 물품의 수명은 다한 지 오래. 게다가 소방관의 숫자는 부족하죠. 이런 상황에서 소방관들은 제대로 된 업무를 할 수가 없습니다. 이런 경우, 그 배상 책임은 소방관들이 아니라 도청에 있겠지요."

"그 말은 즉, 소방관들이 제대로 일하지 못하면 도청에서 물어 줘야 한다는 뜻인가요?"

"안 그런가요? 공무원이 일하지 않으면 그가 배상하는 게 정상이지만 공무원이 일하지 못하게 되어 있으면 각 기관에서 배상하는 게 정상입니다."

노형진은 기자회견을 하면서 미소를 지었다.

물론 대부분의 사람들은 그렇게까지 하지는 않을 것이다. 하지만 그렇게 할 만한 집단이 한 명이 있었다.

"공무원 여러분들은 모두들 열심히 일하고 있습니다. 하지만 도청에서 그러지 못하게 하고 있지요."

노형진은 그들을 위해서 마지막 한마디에 힘을 줬다.

"이건 다 그들의 잘못입니다."

⚖

"이런 씨발!"

전광팔은 입을 쩍 벌렸다. 난데없이 소송이 들어왔다. 그 것도 수천억짜리 소송이 말이다.

"염병할!"

더군다나 상대방이 좋지 않았다. 개인이라면 적당히 위력 으로 찍어 누를 수 있겠지만 상대방은 개인이 아니라 거대한 보험회사다. 그것도 화재 보험회사.

"이번에 소방관들은 자신들의 최선을 다했습니다. 하지만 규정으로 인해 소방관들이 제대로 화재를 진압하지 못했기 때문에 저희 회사에는 막대한 피해를 입었습니다."

그들의 논리는 간단했다. 소방관들이 더 빨리 불을 껐으면 피해가 줄었을 텐데 잘못된 규정 때문에 불을 끄지 못해서 피해가 발생했으니 도청에서 그 돈을 내놓으라는 것이었다.

사실 아무리 생명보험이나 화재보험을 하는 회사라고 할 지라도 소방관들에게 뭐라고 할 수는 없다. 워낙 국민적인 지지를 많이 받고 있는 분들이니까.

하지만 입만 열면 헛소리를 하는 정치인은 이야기가 다르 다. 당연히 그들은 자신들의 손해를 만회하기 위해 정치인과 도청에 대한 배상 요구를 한 것이다.

"이런 씨발……."

전광팔은 입안이 바짝바짝 말랐다.

물론 이런 소송은 이기기 힘들다. 사실 저들도 이 소송에 서 돈을 받을 거라 기대하고 소송을 거는 게 아니었다.

"젠장……."

보험회사에서 노리는 것은 단 하나, 바로 자신들을 대신해서 욕먹을 누군가다.

화재보험에 들었다고 그들이 과연 제대로 돈을 줄까?

그렇지 않다. 온갖 핑계를 대 가면서 돈을 주려고 하지 않는다. 당연히 보험회사는 온갖 욕을 다 먹는다.

그런데 그 보험회사가 욕먹지 않을 수 있게 해 줄 사람이 있다면? 다른 사람에게 그 책임을 미룰 수 있다면?

당연히 그쪽으로 시선을 돌릴 것이다.

홍보만큼이나 중요한 것이 바로 욕먹지 않는 것이다. 아무리 홍보를 잘해도 잘못 욕먹으면 모든 것이 무의미해지기 때문이다.

그리고 그런 거대 기업의 공격은 단순히 소송만은 아니었다. 특히나 이미지 쇄신을 위해서 표적 삼아서 움직이는 것은 더더욱 말이다.

"도지사님, 큰일 났습니다."

"또 뭔데!"

"다음 주에 〈정치 80분〉이라는 대담이 잡혔는데 그 대담 주제가 '시대의 영웅'입니다."

"뭔 주제가 그래?"

"그게…… 소방관 이야기를 할 거라고……."

"뭐라고!"

전광팔은 벌떡 일어났다. 지금 자신이 소방관의 모든 예산은 잘라 버린 것은 전 국민이 다 아는 일이다. 더군다나 저 〈정치 80분〉은 각 정당에서 정치인들이 나가서 토론하는 프로그램이다.

"망할!"

이런 주제는 뭐라고 변명할 수가 없다. 하면 할수록 욕만 먹기 딱 좋은 주제인 것이다. 결과적으로 정당의 입장에서도 뭐라고 할 수가 없는 사건이었다.

"위에서 뭐라고 합니다."

"위에서 뭐라고? 뭐라고? 장난해! 지금 내가 왜 소방관 월급을 깎았는데!"

다 위에서 시켜서 그런 거다. 소방관 쪽은 돈이 안 된다. 차라리 그걸로 어디 쓸데없는 공사를 하면 상당한 돈이 들어온다. 하지만 소방 장비는 원가가 워낙 비싸서 돈이 안 생긴다. 당연히 상부에서는 소홀하게 생각할 수밖에 없다.

"젠장!"

전광팔은 이를 빠득빠득 갈았다.

⚖️

"언론이 잘 돌아가고 있군요."

"원래 그런 겁니다."

이런 계획적인 움직임 뒤에는 다름 아닌 노형진이 있었다. 그는 기자들에게 적당한 돈을 주고 이번 사건에 대해서 집중적으로 조명해 달라고 한 것이다.

'역사를 우리가 고르는 것 같아? 천만에. 그럴 리 없지.'

사람들은 자주적으로 이 시대의 문제에 대해서 이야기한다고 생각한다. 하지만 이 시대 문제에 대해서 이야기할 때 그 주제는 대부분 언론에서 주로 다루는 것이다. 즉, 그 주제만 적당히 통제할 수 있다면 국민들이 자신들이 원하는 것을 말하게 할 수 있는 것이다.

"지지율이 빠르게 떨어지네요."

"그럴 겁니다. 아무래도 소방 관련 업무는 이념의 문제가 아니라 생존의 문제니까요."

다른 건 이념적으로 대응할 수 있지만 불이 나면 사람은 죽는다. 구급차가 안 와도 사람은 죽는다. 즉, 목숨이 걸린 일인 만큼 전처럼 세력을 나눠서 소 새끼 개새끼 할 수 있는 주제가 아닌 것이다.

"선거를 해야 하는 정치인의 입장에서는 무척이나 부담스러울 수밖에 없습니다."

당장 선거를 안 한다고 해도 이 흔적은 영구적으로 그를 따라다닐 것이다. 더군다나 이러다가 뭐라도 하나 잘못되면 아예 공천 자체를 받지 못하는 수도 생긴다.

"그러니 전광팔의 입장에서는 애가 탈 수밖에요."

"하지만 그런다고 해서 당장 임금을 돌려주지는 않는데요?"

"후후후."

현재 채권을 가진 사람은 노형진이다. 이미 소방관들에게서 채권을 모두 구입한 것이다.

"압니다. 억울해서라도 안 주겠지요."

"그럼 어쩌실 생각입니까?"

"말 그대로입니다. 그의 무능을 만천하에 드러낼 마지막 카드가 남아 있지요."

"마지막 카드요?"

"네."

노형진은 미소를 지었다.

"아마 이것도 안 주면 국민소환이라도 당할 겁니다. 흐흐흐."

손예은은 그런 노형진을 보면서 과연 그 마지막 카드가 무엇인지 참으로 궁금해지기 시작했다.

⚖

"잘 지내셨습니까?"

김새벽 기자는 노형진은 만나면서 미소를 지었다. 노형진이 던져 준 떡밥 덕분에 요즘 재미가 쏠쏠하기 때문이다.

"그나저나 이번에 새로운 떡밥이 있다면서요?"

"그럼요. 그래서 독점을 드리려고 하는 거 아닙니까?"

"좋지요. 하하하."

노형진은 웃으면서 말했지만 사실 그와 친해서 그에게 독

점을 주는 게 아니다.

'결국은 첫 타라는 거지.'

김새벽 기자가 일하는 언론사는 현 정부와 그다지 사이가 좋은 편이 못 된다. 당연히 어떤 기사가 나오면 현 정부에 불리하게 나간다. 그런데 한꺼번에 기자회견을 하면 자기들 입맛대로 이야기하지만, 누군가 독점으로 터트리면 다른 곳은 그걸 넘겨받아서 전달하는 방식이 된다. 원하는 대로 분위기를 끌고 갈 수 있게 되는 것이다.

"그래, 그 독점거리가 뭡니까?"

"뭐, 상당히 재미있는 뉴스가 될 겁니다. 아마 세계 최초로 벌어질 일이 아닌가 싶습니다만."

"세계 최초."

기자들은 최초를 좋아한다. 좋은 것이든 나쁜 것이든 이슈가 될 수 있기 때문이다. 특히나 그게 자신들과 사이가 좋지 않은 상대방에게 타격을 줄 수 있는 것이라면 더더욱 말이다.

"뭐냐면 말입니다……."

노형진이 말하자 김새벽 기자의 입에서는 이미 기사가 나오는 듯 큭큭거리는 웃음소리가 흘러나오기 시작했다.

⚖

"반갑습니다."

노형진은 웃으며 이창직을 만났다. 이창직의 얼굴은 묘했다.

"진짜로 출동 못 하는 건 아니죠?"

"아닙니다. 말 그대로 가압류니까요. 다만 압류되었다는 이슈는 만들어 줄 수는 있지요."

"음……."

"걱정하지 마세요. 저도 사람입니다."

소방관들을 위해서 욕먹을 각오 하고 일하고 있기는 하지만, 그렇다고 그 와중에 사람이 죽기를 원하는 것은 아니다. 그렇기 때문에 압류가 아닌 가압류를 선택한 것이다.

"하지만 그걸 당하는 입장에서는 좀 당황스러울 겁니다."

"그렇겠지요."

"그러니 걱정하지 말고 치료에 전념하세요."

노형진은 그를 다독거리고는 천천히 사람들을 데리고 소방서로 향했다. 그러자 미리 소식을 들은 사람들은 얼굴이 딱딱해져서 침을 꿀꺽 삼켰다.

"좋은 아침입니다."

"좋다라……."

소방관들은 기분이 묘했다. 자신들을 위해서 하는 일이라고 하지만 결코 좋은 일은 아니었기 때문이다.

"압니다. 하지만 가끔은 극단적으로 행동해야 움직이는 녀석들이 있기 마련이거든요."

뒤에 있던 압류관들이 피식 웃었다. 자신들 역시 이번에 노형진이 하는 일에 적극적으로 공감했기 때문이다.

"자, 그럼 이제부터 가압류를 시작하겠습니다. 일단은…… 이 소방차부터 시작하지요. 으하하하."

그렇게 세계 최초로 소방서가 압류당하는 최악의 사태가 벌어지기 시작했다.

⚖

"이게 뭐야!"

전광팔은 입을 쩍 벌렸다.

무능의 끝은 어디인가. 전광팔 도지사가 채권을 변제하지 않아 소방서가 압류당하는 최악의 사태가 발생하였다. 해당 지방자치단체와 전광팔 도지사는 이번 사태에 대해서 아직도 아무런 발표를 하지 않고 있다. 하지만 소방서 비품은 물론 소방차와 구급차까지 압류당한 상황에서 언제 출동이 불가능하게 될지 알 수 없게 된 김 모 소방관은 결국 소방 행정의 무능이 최악의 사태를 불러일으켰다면서 한숨을 감추지 못했다. 이 사실을 들은 시민들은 개인의 무능이 얼마나 지역을 파탄으로 몰고 가게 될지 몰랐다면서 한숨을……

소방서가 압류당했다는 최악의 소식이었다.

"이게 뭐야! 어떻게 된 거야!"

"그게…… 우리가 변제하지 않아서 소방서를 압류했답니다."

"이런 미친!"

"지금 그게 문제가 아닙니다. 해당 지역에서 도지사님의 탄핵 여론이 일고 있습니다."

"뭐?"

"그게…….”

소방 출동은 매일같이 벌어진다. 그러니 소방관들도 일단은 출동한다. 노형진도 누군가 이번 사태로 피해를 입는 것을 원하지 않아서 가압류한 거다.

하지만 소방관들은 압류 상태인지라 출동이 늦을 수도 있다고 슬쩍 언질을 준다. 당연히 상대방의 입장에서는 10분 만에 올 거리를 15분 만에 오는 것같이 느낄 수밖에 없으니 애가 타 그 근본적인 원인이 되는 사람에게 분노를 토하게 되는 것이다.

"지금 해당 지역의 지지도가 바닥을 치고 있습니다."

"이런 미친…….”

전광팔은 입을 쩍 벌릴 수밖에 없었다.

⚖

"역시 소설 하나는 끝내주네."

노형진은 신문을 보면서 피식 웃었다.

기사는 절묘했다. 마치 내용만 봐서는 전광팔의 개인 빚 때문에 소방서가 압류된 듯한 느낌으로 쓰여 있었다.

간간이 도청에서는 아직까지 말이 없다고 하는데 그럴 수밖에 없는 게 물어본 적이 없으니 말이 없는 거다. 취재하고 바로 다음 날 비밀리에 나갔는데 말이 있을 리가 있나?

"하지만 노 변호사님을 욕하는 사람도 있습니다."

손예은은 무심하게 인터넷을 확인하면서 말했다.

그럴 수밖에 없다. 전광팔의 열렬한 지지자도 있을 테고 그쪽 정당을 지지하는 사람도 있을 것이다. 단순히 압류했다는 것만으로도 욕하는 사람도 있을 것이다.

"상관없죠."

"네?"

"어차피 전 변호사입니다. 그들이 안 온다고 해도 도움이 필요한 사람은 절 찾아옵니다. 그들이 뭐라고 한다고 해도 전 바뀌는 게 없지요. 도리어 그들이 욕하는 게 유리할지도 모르지요. 욕 많이 먹으면 오래 산다고 하지 않습니까?"

"그런가요?"

"네, 하지만 전광팔은 다릅니다. 전광팔은 정치인입니다. 그것도 선출직이죠. 자신의 이름이 이런 걸로 기록에 남으면 나중에 좋을 게 없지요. 재수 없으면 아예 공천 단계에서 떨어질 수도 있습니다. 아실지 모르지만 대부분의 사람들은 정치에 맛을 들이면 못 나갑니다."

"흠……."

"전광팔도 마찬가지예요. 지금은 도지사지만 얼마 전까지만 해도 국회의원이었습니다. 그는 전문 정치꾼이에요. 절대이 바닥을 못 떠납니다. 아니, 떠나고 싶지 않지요. 하지만이게 자신의 지역구마다 발생한다면 어떤 일이 벌어질까요?"

"아!"

"이런 경우에는 아무리 도청을 압박해 봐야 소용없습니다."

도청은 결국 기계와 같은 조직일 뿐이니 그 조직에 압박을 넣어 봐야 기계가 감정을 느낄 리 없다.

"하지만 그 버튼을 누르는 인간은 다르죠. 후후후."

이런 이야기가 길어질수록 결국 손해 보는 사람은 딱 한명뿐이었다.

따르릉.

그 순간 울리는 벨 소리. 외부에서 돌린 전화라는 표시가 뜨는 것을 본 노형진은 잽싸게 그걸 받았다

"여보세요?"

-노 변호사님, 외부에서 전화인데 돌려 드릴까요?

"누군데요?"

"도청이라는데요?"

노형진은 피식 웃었다. 그러고는 송화기를 막고는 손예은에게 미소를 보냈다.

"자기 말할 때 전화하는 걸 보니 이거 이거, 이분도 양반은 못 되나 봅니다. 하하하."

⚖️

"크흠……."

도지사인 전광팔은 불편한 얼굴이 되었다.

"당장 압류를 풀어 주게. 돈은 바로 보내겠네."

"뭐, 그러지요. 어려운 일은 아닙니다. 돈을 보내 주시는 즉시 풀어 드리죠."

"이 사람이 지금 장난하나?"

"제가 장난하는 것 같아 보여요? 세상에 돈도 받기 전에 물건을 넘겨주는 사람이 어디 있습니까?"

"크윽……."

다시 한 번 속여 보려고 했던 전광팔은 노형진이 넘어오지 않자 속으로 침을 삼켰다.

'내가 안 봐도 뻔하다.'

압류를 풀어 주면 절대 돈을 갚을 리 없다. 지금이야 최초라는 이유 때문에 이슈가 되지만, 다시 이슈가 되지는 않을 것이다.

전광팔이 그걸 노리는 것쯤은 알고 있었기 때문에 노형진이 딱 잘라서 거절한 것이다.

'어디서 잔머리야.'

"당장 갚으시죠. 아니면 바로 헤어지고요."

"그걸 좀 깎아 주면······."

"아니, 내가 왜요?"

"국민의 편의를 위해서······."

"국민의 편의는 정부에서 책임질 일이지, 내가 책임져야 하는 건 아니잖습니까?"

"국민들의 욕을 먹는 건 좋은 일은 아니잖나?"

"전 상관없습니다만."

"아무리 그래도 공인으로서······."

"전 공인 아닙니다."

"국민들이······."

"아까부터 국민, 국민 하는데 소방관은 국민 아닙니까? 왜 소방관 임금도 안 주면서 국민 타령을 해요?"

"크흠······."

전광팔은 할 말을 잃어버렸다. 할 말이 없었기 때문이다.

"알겠네······. 전액 다 돌려주도록 하겠네."

"그래야지요."

결국 두 손 두 발을 다 드는 그를 보면서 노형진은 피식 웃었다.

"전 이만 가 보겠습니다. 아, 조심하세요. 언제든 불이 날 수도 있으니까요. 만일 공관에 불이 났는데 제가 출동 못 하게 깽판 치면 어떻게 되는지 아시죠?"

전광팔은 자신도 모르게 부르르 떨었다. 만일 그런 일이 벌어진다면 자신과 가족들은 모조리 죽을 게 뻔했다.

"크윽…… 알았네……."

결국 전광팔은 두 손 두 발을 다 들고 물러날 수밖에 없었다. 하지만 노형진이 이번 기회를 날려 버릴 생각이 없었다.

"아, 맞다. 그러고 보니 다른 분들은 어떻게 하실 겁니까?"

"다른 분들? 누구?"

"설마 다른 소방서가 있는 거 까먹으신 건 아니죠?"

"헉!"

그는 당연히 도지사다. 그 아래 소방서가 한 곳만 있을 리 없다. 당연히 그 모든 곳은 똑같은 문제를 겪고 있다.

"뭐, 괜찮으시다면 제가 그곳에서 채권을 좀 사려고 하는데, 어떻게 생각하세요?"

"뿌드득."

전광팔은 그저 이를 뿌드득 가는 수밖에 없었다.

⚖

"신기한 일이군요."

얼마 후 이창직에게서 연락이 왔다. 동료 소방관들이 그동안 받지 못했던 임금을 모조리 받았으며, 빠른 시일 내에 장비를 교체해 준다는 약속을 받았다고 말이다.

"뭐, 후자는 봐야 알겠지만요."

"여유 자금이 있으면서 왜 안 해 주는 걸까요?"

손예은은 그 부분이 이해할 수가 없었다. 분명 이럴 때 쓰라고 아예 예산을 짤 때 여유 자금을 둔다. 그런데 그걸 안쓰고 끝까지 버티는 이유를 알 수가 없었던 것이다.

"손 변호사, 왜 연말에 도로 공사를 하는지 알아요?"

"도로 공사 말입니까? 그러고 보니 이상하군요."

연말만 되면 모조리 보도블록을 깨 버리고 새로 까는 공사를 하는 게 현실이다. 그런데 누가 봐도 할 필요가 없는 곳이다. 심지어 바로 작년에 했던 곳을 하는 경우도 많았다.

"건설 쪽에는 비리가 많거든요."

"비리요?"

"네, 일반적으로 이런 공사비의 20%는 정치인에게 일종의 뇌물로 들어갑니다. 하지만 소방 쪽은 그게 불가능하죠. 워낙 단가 자체가 비싸거든요."

더군다나 그걸 취급하는 곳도 얼마 안 된다.

물론 우리나라의 특성상 어느 정도의 비용이 왔다 갔다 하지만 많은 돈은 아니다.

"더군다나 그들은 국가직이 아니라 지방직입니다. 부서자체가 힘도 없구요."

"그럼 단순히 파워 게임을 할 돈이 없어서 지원받지 못한다 이건가요?"

"네, 정치란 그런 겁니다. 다른 부서는 남을 망가트릴 힘이 있지만 소방 쪽은 그럴 수가 없으니까요."

얼마나 그게 필요하느냐보다는 힘이 있느냐를 더 따지는 비참한 현실.

"그럼 이제는 그 버릇을 고칠까요?"

"글쎄요."

일단은 노형진이 도와줄 수 있는 데까지 했다. 하지만 소방관들 대부분은 그저 사명을 일하는 사람들이다. 다시 지금처럼 싸울 수 있을까? 그건 무리일 것이다.

"가끔은 말입니다."

"네?"

"세상에 악당도 필요한 것 같습니다."

노형진의 말에 손예은 변호사는 고개를 갸웃할 뿐이었다.

'그리고 필요하다면……'

노형진은 언제든 악당이 될 각오가 되어 있었다.

역사가 브랜드를 만든다

"미친 거 아냐!"

노형진은 커피를 마시러 옥상으로 올라갔다가 그 위에서 들리는 고함 소리에 움찔했다. 그런데 그 위에서 들리는 말은 노형진을 향한 것이 아니었던 모양인지 그가 멈췄음에도 불구하고 계속 소리가 들리고 있었다.

"진짜 미친 거 아냐? 그걸 왜 사!"

"아니…… 난 그냥…… 네가 좋아할 거라고 생각해서……."

"물론 선물받으면 좋지. 그런데 그것도 어느 정도지, 빈센코 지갑이라니, 미친 거 아니냐고!"

"……."

"차라리 그 돈으로 다이아를 사 줘!"

"미안…….."

그들의 목소리를 들은 노형진은 피식 웃었다.

'뭐야? 석준 씨랑 유호 씨잖아?'

회사에 사람이 많고 대부분 젊은 사람이다 보니 아무래도 사내 연애를 하는 사람도 생기기 마련이다.

석준과 유호는 회사 내부의 사내 커플이다. 물론 그 둘은 그 사실을 감추려고 한다. 그 때문에 남은 다 아는데 그 둘은 모르는 웃긴 상황이지만

"도대체 빈센코라니 미쳤지, 미쳤어."

"아니, 난 여자들이 명품 좋아한다고 해서……. 그래도 우리 1주년이기도 하니까……."

"그래도 그렇지, 그건 너무하잖아. 적당한 걸 사야지!"

노형진은 그 말을 듣고는 고개를 갸웃했다.

'빈센코?'

처음 들어 보는 이름이었다. 상황을 보아하니 1주년 선물로 뭔가를 사 준 것 같은데 생각보다 비싼 걸 사 주는 바람에 유호 씨가 뭐라고 화를 내는 모양이었다.

'빈센코라.'

노형진은 그 말을 듣고 고개를 갸웃했다.

'빈센코가 뭐지?'

노형진은 엄청난 부자다. 하지만 정작 그는 그다지 명품에 관심이 없다. 그래서 그녀가 왜 그렇게 화를 내는지 알 수가

없었다.

'뭐, 일단은 알아서 하겠지.'

노형진은 별생각을 하지 않고 내려왔다. 그러다가 손예은 변호사를 보고는 무심결에 물어봤다.

"빈센코라는 브랜드 알아요?"

"빈센코요?"

"네."

"유명한 브랜드죠. 수입 명품인데 적극적으로 한국 공략을 하는 곳이에요."

"그래요?"

"네, 명품이라고 주장하면서 고가 정책을 쓰는 곳이죠."

노형진은 그녀의 말에서 뭔가 마음에 안 든다는 느낌이 들었다.

"주장?"

"네."

"그 브랜드가 마음에 안 드시나 봐요?"

"네, 심각하게 사람을 차별하는 느낌이 들거든요."

"차별?"

"네, 가진 자를 위한 모든 것이라고 할까요? 구경하는 것조차 회원 가입을 해야 할 수 있어요. 그마저도 가입비가 5만 원이구요."

"흠?"

노형진은 고개를 갸웃했다. 5만 원이면 싸다면 싸고 비싸면 비싸다고 할 수 있다. 하지만 지금까지 구경하려고 가입비를 내야 한다는 것은 처음 들어 봤다.

"그래요?"

"네."

"이상한 곳이네요."

한국에 수많은 명품 브랜드가 있다. 하지만 그 명품 브랜드들 중 구경하는 곳까지 돈을 내게 하는 곳은 없었다.

"하지만 없어서 못 팔죠."

"네? 없어서 못 판다구요?"

"네."

"그래요?"

노형진은 갸웃했다.

'내가 왜 이 브랜드를 모르지?'

노형진은 회귀했다. 물론 그가 회귀 전에도 엄청나게 부자였던 것은 아니다. 하지만 나름 잘나가는 변호사였다. 지금에 비할 바는 못 돼도 적지 않은 돈을 벌었다. 그런데 전혀 모르는 브랜드라니.

'내가 뭘 잘못 기억하나?'

물론 그가 명품에 관심 없는 건 예나 지금이나 마찬가지니 모를 수도 있다.

"유명한가 봐요?"

"유명하죠. 텔레비전에서 홍보도 하고 그러니까요."

"네? 홍보요?"

"네."

마음에 안 든다는 표정으로 이야기하는 손예은의 말에 노형진은 뭔가 이상하다고 생각했다.

명품이 왜 명품인가? 말 그대로 소수의 가치를 표방하기 때문이다. 그런데 텔레비전에서 홍보하는 것은 말 그대로 대중에게 자신들을 각인시키기 위한 것이다. 당연히 유명한 브랜드가 그럴 이유가 없다. 로비통이나 구진이나 넬샤가 텔레비전으로 홍보하는 것을 본 적이 있는가? 없다.

"흠……."

"왜 그러신가요?"

"아니오. 그냥 다른 곳에 비하면 이상해서요."

"요즘 대한민국을 적극적으로 공략해서 그래요."

"그런가요?"

노형진은 그럴 수도 있다고 생각하면서 무심하게 넘어갔다. 하지만 그 찜찜함이 쉽게 사라지지는 않았다.

⚖️

"빈센코?"

"응. 알아?"

"알지."

얼마 후 노형진의 집에 놀러 온 노현아는 형진의 질문에 시큰둥하게 말했다.

"상위 1%만을 위한 돈지랄."

"엥? 뭔 소리야?"

"광고 문구가 상위 1%를 위한 품격이야."

"그래?"

"그래. 하지만 나 같은 서민은 상위 1%의 돈지랄이라고 불러."

"누나가 서민이라고? 서민이 다 얼어 죽었냐?"

"일단 난 우리 집에서 제일 가난하거든? 광석이는 그냥 말단 공무원이고."

"뭐, 틀린 말은 아니다만……."

아버지도, 그도 돈이 많지만 노현아는 부자가 아니다. 그리고 그녀는 그걸 잘 알고 그에 맞게 행동한다.

"하여간 더럽게는 비싼 브랜드야. 회사 직원이 남자 친구를 타박했다고? 그럴 만하네. 빈센코는 지갑 하나에 800만 원이거든."

"얼마?"

"800만 원."

"가방이 아니고 지갑이?"

"응."

"미친 거 아냐?"

보통 800만 원이면 어지간한 명품 브랜드의 큰 가방 가격이다.

"큰 가방은 4,800만 원쯤 하지."

"헐? 아니, 무슨 아파트를 들고 다녀?"

"그러니까 상위 1%라는 거지. 근데 상위 1%가 이거 들고 다닐 수 있는지는 모르겠다만."

"그래? 기가 막히네."

"왜 사려고?"

"그건 아니고."

노형진은 자신의 기억 속에 없는 브랜드라는 것이 영 꺼림칙했다.

'그 정도 브랜드면 내가 모를 리 없는데.'

노형진은 관심이 없었지만 회귀 전 아내가 약간의 정신병 같은 일면이 있어서 명품에 집착했다. 물론 이번에는 노형진이 사전에 잘 막아 놔서 그녀가 그렇게 되지는 않았지만, 어찌 되었건 그 때문에 이름 정도는 알고 있었다.

"하여간 요즘 그래서 지오나코와 더불어서 가장 유명한 브랜드야."

"지오나코? 그건 또 뭐야?"

"명품 시계 브랜드야. 여성용이 빈센코라면 지오나코는 남성용이라고 할까? 시계나 만년필, 남성용 악세사리 등등."

"헐?"

"가지고 싶으면 사. 하긴 너 정도 되면 사는 데 부담은 없겠지만."

노현아는 그가 그 브랜드에 관심이 있어서 그러는 줄 알았지만 정작 노형진은 두 브랜드에 대해서 모르기 때문에 고개를 갸웃할 수밖에 없었다.

'지오나코는 뭐야?'

자신이 알지 못하는 브랜드가 두 개나 생겼다.

'역사가 바뀌었나?'

자신도 모르는 사이에 역사가 바뀔 수도 있기 때문에 노형진은 찝찝함을 감출 수가 없었다.

'좀 알아봐야겠네.'

노형진은 심각한 얼굴이 되었다. 역사가 바뀐다는 것은 그에게도 그다지 좋은 것이 아니기 때문이다.

⚖️

"이런 미친놈들."

손예은과 노현아의 말이 농담이 아니었다. 빈센코 지갑 하나에 최하 800만 원. 구두 하나에 550만 원. 지오나코는 시계 하나에 4,800만 원. 만년필이 780만 원.

"'이걸 누가 사…….'라고 화를 낼 수가 없네."

인터넷상에 표기된 것을 보면 상당수가 'Sold Out', 즉 다

판매되었다고 되어 있었기 때문이다.

"이거참……."

이렇게 잘 팔리는 브랜드를 몰랐다는 게 노형진은 이상하다는 생각이 들었다.

"뭔가? 자네도 이거 하나 사려고?"

"아뇨. 그냥요."

서류철을 들고 들어오던 김성식이 무심결에 노형진의 컴퓨터 화면을 보더니 피식 웃었다.

"사지 마. 그거 별로 안 좋아."

"네? 벌써 이 비싼 걸 사셨어요?"

"아니, 아는 사람이 샀거든."

"아, 그래요?"

그래도 대한민국 중수부장까지 했던 그인 만큼 이걸 살 정도로 돈이 있는 사람을 안다는 게 이상한 것은 아니었다. 그런데 그런 그의 입에서 나온 말이 이상했다.

"그런데 그 사람이 욕을 더럽게 하더라고."

"네? 왜요?"

"지오나코 시계를 하나 샀는데 쓴 지 4개월도 안 되어서 고장 났다네. 불량이라고, 미안하다고 새 걸로 바꿔 줬다던데."

"네?"

노형진은 그 말을 듣고는 고개를 갸웃했다.

"바꿔 줬다고요?"

"그래, 그래서 그 사람이 노발대발했지."

"흠."

일반적인 사람들은 새 걸로 바꿔 주면 좋아한다. 하지만 그건 어디까지나 공산품일 때의 이야기다.

'명품을 바꿔 준다고?'

그건 말도 안 된다. 그냥 비싸다고 명품이 아니다. 명품의 포인트는 쉽게 말해서 대를 이어 가는 품격이라고 할 수 있다.

비싼 게 중요한 게 아니라 자손에게 물려줘도 가치를 발하는 것. 그게 일반적인 명품이다. 당연히 그 물건은 단순히 물건이 아닌 추억이자 증거다.

'그런데 그걸 새 걸로 바꿔 줘?'

명품은 수십 년이 지나도 불량이 아닌 이상 수리해 줄 뿐이다.

'더군다나 새 걸로 바꿔 준다는 것 자체가 재고가 있다는 거잖아?'

인터넷상에 매진으로 표시된 상품을 수리하러 왔는데 새 걸로 바꿔 준다는 것은 말도 안 된다. 그걸 새로 바꿔 준 사람의 경우 당연히 그 명품의 가치를 알고 있을 테니 화를 낼수밖에.

"왜 그러나?"

"하는 짓거리가 명품 같지가 않아서요."

"자네가 봐도 그렇지?"

"네."

"하여간 개나 소나 명품이래."

"그러게 말입니다. 개나 소나 명품이라고 하지요?"

노형진은 말하다 말고 고개를 갸웃했다.

'그러고 보니 개나 소나 다 명품이라는데…… 도대체 명품이 뭔데?'

골 때리는 일이었다. 명품을 규정하는 기준은 굉장히 애매하다. 단순히 비싸면 명품이라고 할 수도 있지만, 진짜 까다롭게 명품을 고르는 사람도 있다. 하여간 확실한 것은 명품이라는 개념은 확실한 듯하면서도 전혀 확실하지 않다는 것이다.

"명품이라……."

"왜 관심 있어?"

"그건 아닙니다. 그냥…… 뭔가 걸리네요."

⚖

—이 시대의 명품, 지오나코. 당신의 품격을 더합니다.

—아름다움의 승리자, 빈센코.

집에 와서 TV을 틀자 나오는 광고를 보면서 노형진은 역시나 이상하다고 생각했다.

"세상에 어떤 놈이 명품을 광고하느냐고."

광고한다는 것 자체가 명품이 아니라는 반증이다. 그런 만큼 그런 광고를 보면서 노형진은 혀를 끌끌 찰 수밖에 없었다.

"흠……."

노형진은 왠지 모르게 그것이 마음에 걸렸다.

'일단은 한 번은 가 봐야겠어.'

결국 노형진은 얼굴을 찌푸리면서 마음을 굳혔다.

⚖

"어서 오세요. 지오나코입니다."

화려한 건물. 반짝이는 내부 장식. 문 안에 들어서자 극진히 맞이하는 사람들.

"흠……."

"어떻게 오셨나요?"

"시계를 보러 왔습니다만."

"잘 오셨어요. 우리 지오나코는 세계 최고의 명품 브랜드랍니다."

노형진은 고개를 끄덕거리면서 안내에 따라 안으로 들어갔다.

'화려하다.'

도대체 얼마나 들인 건지 모를 정도로 화려한 내부. 그리고 그 안에 찬란하게 빛나는 시계들.

'시계에 만년필에, 얼씨구? 넥타이핀까지?'

노형진은 그걸 보면서 이상하다고 생각했다. 명품의 브랜드는 보통 한 가지 뛰어난 물건에서 파생되기 마련이다.

가령 모 브랜드는 원래 상품은 신발이었지만 그 가죽을 다루는 실력이 뛰어나서 지갑이나 핸드백도 가죽으로 만들어 판다. 하지만 사람들 사이에서 유명한 건 지갑이 아니라 신발이다. 그런데 이곳은 마치 닥치는 대로 파는 듯한 느낌이 들었던 것이다.

"이 시계는 어떠신가요? 손님의 품격에 딱 맞는 것 같은데요?"

시계를 꺼내 보여 주는 직원. 검은색 장갑까지 끼고 무척 소중하게 보여 주고 있었다.

"잠깐 차 봐도 될까요?"

"그럼요."

노형진은 그걸 잡아서 살피는 척하면서 그 안에 있는 기억을 읽어 내기 시작했다. 그러나 그 사실을 모르는 직원은 그 시계에 대해 설명하기 시작했다.

"지오나코는 스위스 전통 명장 가문인 지오나코 가문에서 만든 브랜드로, 그들은 초정밀 시계 공학 기술을 가지고 있지요. 그 정밀 기술을 바탕으로 정밀 세공이 필요한 시계와 만년필 그리고 남성용 악세사리를 만들었으며……."

"어?"

노형진은 그 말을 들으면서 시계의 기억을 읽다가 고개를 갸웃했다.

"왜 그러신지요?"

"아닙니다."

노형진은 황급하게 시계를 내려놓았다. 혹시나 기스라도 난 건가 해서 직원은 시계를 꼼꼼하게 살폈지만 무슨 이상이 있는 것도 아니었다.

"왜 그러신지?"

"아니에요. 뭔가 생각나서요. 다른 걸 볼 수 있을까요?"

"원하시는 모델이라도 있나요?"

"한 1억이 넘는 모델도 있나요?"

여직원의 얼굴이 환해졌다.

"그럼요. 이쪽으로."

그녀의 안내를 받아서 들어간 곳은 따로 만들어진 룸이었다.

"이곳은 최소 1억 이상의 물건들만 있는 곳이랍니다. 아쉽게도 물건이 많이 나가서 남은 물건이 없네요."

"그런가요?"

노형진은 그 안을 둘러보다가 적당한 물건을 발견하고는 그걸 손으로 가리켰다.

"이걸 볼 수 있을까요?"

"그러세요. 이 시계로 말하면 지오나코 장인 중 최고 장인들이 제작한 물건으로, 1억 2천만 원이랍니다. 하지만 그 가문에 속한 사람들만 만들어서 그 수량도 많이 부족하고……."

이것이 법이다

'가문? 장난해? 스위스 가문이라면서?'

노형진은 그 시계에서 기억을 읽으면서 혀를 끌끌 찰 수밖에 없었다. 그럴 수밖에 없는 게 직원의 말에 따르면 이 브랜드는 스위스의 유명한 시계 명장 가문의 브랜드라고 했다. 그런데 기억 속에 보이는 사람은 서양인은커녕 중국인이었다. 아주 세심하고 그리고 조심스럽게 시계를 만들기는 하지만 누가 봐도 스위스 사람은 아니었다.

"마음에 들지 않는군요."

"그래요? 그럼 찾으시는 게 있는지?"

"다음번에 올게요."

노형진은 그렇게 말하면서 서둘러서 바깥으로 나왔다.

'명품? 개 같은 소리 하고 자빠졌네.'

그들이 명품이라고 주장하는 물건은 명품으로 보기에는 문제가 많았다. 일단 기억 속에서 일하는 사람들은 검은머리에 노란 피부를 가진 사람들, 즉 동양인이었다는 것이다. 더군다나 그 말투를 봐서는 아무래도 중국 쪽일 가능성이 높았다.

'도대체 왜……'

물론 원가 때문에 중국으로 공장을 옮기는 명품 브랜드가 없는 것은 아니다. 그러나 그들은 최소한 그만한 규모를 가지고 있고, 당연히 재고 하나하나 관리한다.

하지만 노형진이 봐 온 공장 속의 모습에 그런 건 전혀 없었다. 장인이 방에서 기계 없이 만드는 그런 장면도 없었다.

그냥 공장으로 보이는 곳에서 중국인 노동자들이 일하는 장면이 보인 것뿐이었다.

'이게 명품이라고?'

중국에서 대량생산한 것으로 보이는 이것이?

물론 반짝거리면서 광택이 나는 것을 보면 비싸 보이기는 하다. 하지만 현대에 와서는 광택을 내는 것은 어려운 일이 아니다. 당장 시장에만 가도 광택 나는 시계는 어렵지 않게 볼 수 있다.

'그리고 그게 맞다면……'

그 시계에서 읽어 낸 기억, 그게 맞다면 이건 생각보다 큰 일이 될 수도 있다.

"나중에 다시 오지요."

"네."

노형진은 그곳을 나오자마자 바로 전화기를 꺼내 들었다.

"여보세요? 유 회장님? 접니다. 지금 봬야겠습니다. 바로 지금요."

그러고는 바로 손을 들어서 택시를 불렀다.

"뭐라고? 명품 브랜드?"

"네."

"그게 왜?"

"지오나코와 빈센코에 대해서 아시나요?"

"알지. 요즘 한창 뜨고 있는 명품 브랜드 아닌가? 나도 지오나코가 하나 있다네."

슬쩍 자신의 시계를 보여 주는 유민택을 보면서 노형진은 왠지 씁쓸해졌다. 아무리 바른 운영을 한다고 하지만 그 역시 부자의 마인드를 가지고 있었기 때문이다.

"유 회장님도 사셨습니까?"

"그렇다네. 며느리한테는 빈센코 가방 하나 사 주려고 생각하는 중이지."

"후회하실 텐데요?"

"후회? 아니 왜?"

"그거, 성화 브랜드입니다."

"뭐라고!"

자신도 모르게 벌떡 일어나는 유민택 회장. 그의 얼굴에서는 경악의 빛이 스치고 지나갔다.

"이 녀석들이 다른 방법을 쓰기 시작한 것 같습니다."

"다른 방법?"

"네, 우리 때문에 사업이 안 되니까요."

사기와 협잡으로 성공한 성화다 보니 정공법에 대해서 잘 모를 수밖에 없었다. 한데 기존 자신들의 방법을 쓰자니 계속해서 노형진에게 걸려 실패하면서 심각한 타격을 입었다.

그래서 그들은 노형진을 경계하기 시작했고 그 때문에 불법
적인 짓을 하지 못하고 있었다.

"그걸 해결하기 위해 유령 회사를 만든 것 같습니다."

"이놈들이……."

분노에 이를 박박 갈기 시작하는 유민택.

"그리고 그 브랜드가 지오나코와 빈센코입니다."

유민택은 그 말을 듣자마자 자신이 차고 있던 시계를 풀어
서 패대기를 치더니 자신의 명패를 들어 마구 내려치기 시작
했다. 그로 인해 명패는 박살 났지만 시계 역시 수리를 못 할
정도로 망가졌다.

"헉헉헉…… 그 말이 사실인가?"

"네."

노형진은 그 기억 속에서 분명히 알 수 있었다. 지오나코
와 빈센코는 명품 브랜드를 주장하는 다른 회사의 상품이기
는 하지만 결국 성화가 우회하여 세운 기업이었던 것이다.

"아무래도 우리 때문에 직접적으로 그 짓을 못 하니 그런
꼼수를 쓴 것 같습니다."

"망할 놈들."

유민택은 이를 박박 갈다가 문득 자신이 이해하지 못한 부
분이 있다는 것을 알아차렸다.

"우리 때문에 위험하다니? 우리가 명품 시장에 진출한다
고 생각한 건가?"

"그럴 거라면 그렇게 우회 상장하지도 않았겠지요. 말 그대로 우리가 자신들의 방식을 알아차리고 다른 것들처럼 공격할까 봐 두려운 겁니다."

"아니, 왜?"

자신이 성화의 상품을 찬 것이 억울하기는 하지만 그렇다고 합법적으로 수입하는 것을 공격하는 것은 쉬운 일이 아니다.

"말 그대로입니다. 그들이 두려워서 비밀리에 뭔가를 한다는 것은 감추고 싶은 게 있다는 뜻이지요."

"감추고 싶은 것?"

"네."

"흠……."

유민택은 심각한 얼굴이 되었다.

그들이 감추고 싶은 것. 그걸 알아낸다면 성화에 타격을 줄 수 있을지도 모른다.

'더군다나 이번에는 뭔가 심각하게 감추고 있는 것 같단 말이지.'

그동안 그들은 자신의 자존심 때문에라도 성화라는 이름을 사용했다. 하지만 이번에는 어디에서도 성화라는 이름을 찾을 수가 없었다.

"정보 팀에서는 어떤 정보도 구하지 못했네. 그런데 어떻게 구한 건가?"

"저도 나름의 비밀 라인을 가지고 있으니까요."

"그런가⋯⋯."

"네."

유민택은 노형진의 말에 고개를 끄덕거렸다.

노형진이 투자한 종목은 모두 성공한다. 그건 단순히 직감을 가지고 될 일이 아니었다. 그렇기 때문에 유민택은 그에게 다른 정보 팀이 있을 수도 있다는 것을 쉽게 납득했다.

"망할 놈들. 뿌드득."

물론 실제로는 정보 팀이 아니라 그 공장에서 읽어 낸 기억 덕이었다. 그 기억 속에서 대부분은 누구를 위해서 일하는지 알지 못했다. 하지만 단 한 명, 마지막에 검수하는 녀석의 소속이 성화였던 것이다.

'치밀하게도 준비했어.'

만일 그 녀석이 검수를 위해서 일일이 확인하지 않았다면, 그리고 노형진이 그 안에 있는 수많은 기억 속에서 그 녀석의 기억을 선택하지 않았다면 아마도 이 사건에 성화가 끼어 있었다는 것은 몰랐을 테고, 노형진은 중국산에 속는 수많은 사람들을 비웃으면서 신경을 끊어 버렸을 것이다.

"명품 수입 판매라⋯⋯. 하긴, 다른 곳들이 많이 하는 일이기는 하지."

명품이라는 것은 그 가격 자체가 엄청나게 비싸다. 당연히 수입 판매를 하기 위해서는 엄청난 자산이 필요하다. 결국 그걸 하기 쉬운 것은 대기업들뿐이다.

"글쎄요……. 제 정보에 따르면 그게 문제라서요."

"문제?"

"네, 지오나코와 빈센코의 공장이 중국에 있는 것 같더군요."

"중국?"

"네."

"그걸 가지고 뭐라고 할 수 없지는 않은가? 그들 말고도 중국에 공장을 가진 명품 브랜드는 많다네."

중국이 세계의 공장이라 불리는 데에는 다 이유가 있다. 수많은 기업들이 이윤을 내기 위해서 중국으로 공장을 옮기고 있고, 그중에는 소위 말하는 명품 브랜드도 있다. 물론 그곳에서 일하는 사람들은 철저한 교육을 하고 전문가가 마지막까지 검수하지만 말이다.

"그렇기는 합니다만……."

노형진의 신경을 계속 건드리는 것. 그건 다름 아닌 그 브랜드를 회귀 전에는 본 적이 없다는 것이다.

'정말로 유명 브랜드를 수입한 거라면 당연히 내가 알아야 하는데…….'

아무리 국내에서 유통비와 수익 등이 들어간 비용이라고 하지만 적게는 수백만 원, 많게는 1억이 넘는 브랜드를 자신이 모를 수는 없다. 즉, 지오나코와 빈센코라는 브랜드는 난데없이 툭 튀어나온 것이라는 소리다.

"뭘 그렇게 생각하나?"

"아뇨. 몇 년 전에 있었던 사건을 생각하는 중입니다."

"몇 년 전?"

"네, 방송 홈쇼핑에서 터졌던 사건이지요."

"방송 홈쇼핑?"

"네, 제법 유명하죠. 프랑스 명품 속옷."

"그게 뭔데?"

"말 그대로입니다."

방송 홈쇼핑에서는 여러 가지 물건을 판다. 사람들은 방송국에서 잘 걸러 낼 거라 믿지만, 실상은 그렇지 않다. 그 현실을 보여 준 사건이 바로 속옷 사건이다.

방송 홈쇼핑에서 프랑스 유명 명품 속옷 세트를 무려 30만 원에 판 적이 있었다. 프랑스의 유명 브랜드라는 말에 그 속옷 세트는 수십만 세트가 팔려 나갔고 국민 속옷이라는 말이 붙을 정도로 대중적인 속옷이 되었다.

그런데 문제는 엉뚱한 곳에서 터졌다. 그 속옷이 프랑스에서 온 것은 맞지만 명품은커녕 유명 브랜드조차 아닌, 한국으로 치자면 마트나 시장에서 파는 저가형 상품이었던 것이다. 그런데 수입상이 그걸 수입해서는 프랑스 명품이라고 속이며 무려 30만 원에 팔아 댄 것이다.

현지에서 밝혀진, 동일한 풀 세트를 사는 데 들어간 돈은 3만 4천 원 정도. 터무니없는 장사를 한 셈이었다.

"무슨 소리인가?"

"말 그대로입니다. 과연 이게 명품 브랜드냐는 거죠."

"지금 성화가 명품이 아닌 것을 명품이라고 팔고 있다는 건가?"

"그럴 가능성이 아주 높습니다."

"흠……."

유민택은 심각한 얼굴이 되었다.

"애매하군."

"애매하지요."

사기일까? 사기로 보기에는 문제가 있다. 명품의 개념이 명확하게 정해진 게 아니었기 때문이다.

더군다나 이런 시계 같은 것을 봤을 때 현대에 와서 그런 물품의 차이는 아주 미세하다. 명품이라 불릴 만한 것에 비해 그다지 기능이 떨어지지 않는다.

"사기가 될 수도 있고 아닐 수도 있겠군."

"네, 만일 진짜 스위스에 지오나코라는 가문이 있고 그들로부터 기술을 이전받아서 중국에서 생산한 거라면 그건 명품에 들어갑니다. 하지만 그런 가문이 없다면 전혀 다른 문제가 되어 버리지요."

"빈센코는?"

"마찬가지입니다. 솔직히 지오나코는 기술적인 부분이라도 있지, 빈센코는 옷을 만드는 브랜드입니다. 예술적인 감각이라는 게 사람마다 다르니 우리가 명품이라고 하기에는 부족해도 누군가에게는 명품으로 보일 수도 있는 문제구요."

"이거 골 때리는군. 도대체 왜…….."

"자금의 압박이 심하다고 하셨지요?"

"그렇지. 지금 성화는 여러모로 자금 압박을 심하게 받고 있는 게 사실이네."

"그걸 해결하기 위해서일 수도 있습니다."

"하지만 그 후에 돌아오는 충격은?"

"그러니까 비밀리에 움직이겠지요."

지금이야 텔레비전을 통해서 엄청나게 광고하고 유명인에게 선물해서 그들이 입거나 차고 다니게 해서 그 브랜드 가치를 높이고 있다지만, 만일 그게 걸린다면 그 모든 것이 사라진다.

"하지만 그 책임자는 중국에 있지요."

"피해자는 있는데 가해자는 못 잡는다 이건가?"

"네."

거기에다가 명품의 브랜드라는 것을 개념을 가지고 다투기 시작하면 끝도 없이 늘어진다.

"확실한 건 이게 제대로 된다면 성화는 적지 않은 돈을 비밀 자금으로 가지게 된다는 겁니다."

"망할 놈들."

유민택은 이를 빠드득 갈았다.

"결국은 가장 확실한 것은 제가 직접 움직이는 겁니다."

"직접 말인가?"

"네."

남에게 맡기기에는 위험한 작업이다. 만일 새어 나간다면 성화에서는 재빨리 발을 뺄 것이다.

'하지만 제대로만 터트린다면.'

어떻게 보면 성화에게 가장 큰 타격을 줄 수 있는 것이다.

엄청난 가격의 상품들인 만큼 이 물건은 일반인이 쓸 수 있는 게 아니다. 그들의 홍보대로 상위 1% 집단, 즉 한국의 권력자들이 쓸 물건인 것이다.

'하지만 그게 가짜이고 성화가 배후라는 것이 드러난다면?'

직접적인 처벌을 하지 않게 된다고 하더라도 대한민국의 권력적 집단에게 성화는 제대로 찍히는 것이다. 이는 단순히 돈 얼마 잃어버리는 것보다 훨씬 큰 문제라고 할 수 있다.

"잘 해결할 수만 있다면……."

유민택은 그걸 알아차렸는지 심각하게 고민하고 있었다. 엄밀하게 말하면 자신들과 관련이 없는 사건이다. 즉, 뒷조사를 하다 걸리면 좋은 소리는 못 듣는다는 뜻.

"제가 봐서는 적당히 둘러대면 좋겠군요."

"적당히?"

"네, 해당 기업을 인수하고 싶어서 조사하는 거라고 말입니다."

"호오, 그런 방법이 있었군?"

그런 기업이라면 대룡에서 탐낼 만하다. 그리고 기업을 인수할 때 그에 관련된 자세한 조사는 기본적인 사항이다.

"그 와중에 성화의 짓인 걸 알았다는 식으로 몰고 가야지요."

"좋은 생각일세."

유민택은 마음을 굳혔다. 어쩌면 지금까지 성화를 지지하는 수많은 상위 1%의 마음을 돌릴 수 있는 기회다. 그렇게 된다면 성화의 주식은 무서울 정도로 떨어질 것이다.

"그럼 자네가 한번 노력해 주게."

"네."

그렇게 성화에게 치명타를 줄지도 모르는 작전이 조용히 시작되었다.

브랜드 가치란

스위스.

산의 나라, 용병의 나라, 그리고 정밀함으로 유명한 나라.

그래서 세계적인 시계 브랜드는 대부분 스위스에서 시작되었다.

그곳에 내린 노형진은 김성식과 함께 주변을 둘러보았다.

"아무도 없군요."

"있을 리 없지 않은가?"

"그렇기는 하지만……."

노형진과 김성식이 여기까지 오는 데에는 마치 첩보 영화 같은 작전이 벌어졌다. 노형진에게 몇 번이나 당한 성화다 보니 혹시나 노형진을 감시하고 있을 가능성이 있어 일단은 마치 일 때문에 미국으로 가는 것처럼 하고는 그곳에서 다시 캐나다로, 캐나다에서 독일로, 그리고 그곳에서 스위스로 오는 복잡한 과정을 밟아야 했던 탓이다. 당연히 사전에 스위스에서 도와줄 사람을 뽑지도 못했다.

"성화라. 반갑지는 않은 이름이군."

"그런가요?"

"그래, 마지막 순간까지 나한테 로비하려고 하던 곳이었으니까."

"김성식 변호사님 성격을 알면서도요?"

"집요할 정도였지."

김성식은 대검찰청 중수부장이었다. 당연히 로비 순위 1순위일 수밖에 없었다.

"하여간 내가 거절하니 가족들에게 보내더군. 나중에 성질이 나서 다른 검사를 불러서 돌려보냈지."

"허허."

"아무래도 배달 사고라는 건 말이 많아서 말이야."

집에 와 보니 도착한 택배.

그리고 그 안에 가득한 돈들.

김성식은 이를 빠득빠득 갈면서 그걸 돌려보냈다. 그것도 검찰청에 보고하고 그 후에 검사를 통해서 돌려보내는 식으로 처리했다. 조용히 돌려보냈다가는 나중에 가서 돈을 줬다고 지랄하면서 자신을 몰락시키려고 들 수도 있기 때문이다.

"하여간 그 녀석들 때문에 내가 고생을 좀 했지. 하하하."

김성식은 웃으면서 말했지만 그의 눈은 그다지 웃지 않고 있었다. 말은 안 하지만 그가 물러나야 했던 이유 중 하나가 그들의 청탁을 들어주지 않은 것이라는 사실을 느끼고 있기 때문일 것이다. 그에게 안 통한다고 그의 위에 있는 다른 사람들에게도 안 통하는 것은 아니니까.

"하여간 그래서 그 녀석들을 제대로 잡고 싶은데……."

"제대로만 된다면."

"하지만 무슨 수로 말인가? 스위스는 넓은데."

노형진이 여기까지 온 것은 지오나코 가문을 찾기 위해서였다. 성화의 말로는 스위스에서 유명한 시계 장인 가문으로, 몇 대에 걸쳐서 시계 쪽에서 일하고 있다고 하니까.

"일단 시계 쪽 장인 가문이라고 하니까 그쪽을 찾아봐야지요. 스위스는 시계에 관해서는 엄청난 자부심을 가지고 있습니다. 당연히 그런 곳을 관리하는 곳이 있지요. 성화에서 그렇게 비싸게 팔 정도로 유명한 가문이라면 이름이 올라와 있을 겁니다."

김성식도 동의했다.

"그럼 생각보다 쉽게 찾을 수 있겠군."

'글쎄요……. 과연 그럴까요?'

성화의 성격을 아는 노형진은 그저 씁쓸하게 웃을 수밖에 없었다.

"없다고요?"

"네, 우리 스위스시계협회에 지오나코 가문이라는 곳은 없습니다."

"하지만 한국에서는 엄청나게 유명한데요?"

"한국의 사정은 잘 모르겠습니다만 등록된 사람들 중에서 지오나코라는 성을 쓰는 사람도 없습니다."

"이런……."

김성식은 최소한 지오나코라는 성을 쓰는 사람을 찾을 수 있을 거라 생각했다. 그런데 그런 성을 가진 사람을 찾을 수도 없다니.

"이 무슨……."

"알겠습니다."

놀라는 김성식과 다르게 노형진은 한번 겪은 적이 있기 때문에 조용히 바깥으로 나왔다.

김성식은 그런 노형진과 담당자를 보다가 서둘러서 노형진을 따라 나왔다.

"자네는 놀라지 않네?"

"이런 방식은 한번 본 적이 있습니다."

"본 적이 있다고?"

"네, 지난번에 성화가 디자인을 빼앗을 때 쓰던 방법이죠."

"뭐라고? 그럼 지오나코 가문이라는 게 한국인이라는 건가?"

"그건 아닐 겁니다."

그때는 개인이다. 하지만 지금은 가문이라고 했다. 가문이라 칭하는 것은 나중에 가서 한국인이라고 밝힐 수도 없다.

'더군다나 그걸 밝혀서 성화에 좋을 게 없지.'

지난번에는 성화에서 자기 집안사람에게 공을 넘겨주기 위해서 꾸민 거지만 이번에는 엄청난 사기를 치기 위해 만든 것이다. 당연히 비밀로 할 것이니 한국인으로 만들 리 없다.

"아마도 그 가문 자체는 실존할 겁니다. 지난번하고 다르게요."

"하지만 없다고 하지 않았나?"

"그게 문제죠."

시위스시계협회에서도 이름이 없다는 건 그가 스위스에서는 인정받는 장인이 아니라는 뜻이다. 설사 따로 가입하지 않았다 하더라도 존경받는 장인들은 협회에서 인명사전을 만들어서 관리하기 때문이다.

"관리받는 사람들은 도리어 신분이 드러나기 때문에 그 가치가 정해집니다. 하지만 드러나지 않은 가문이라고 하면 뭐라고 하기가 애매하지요."

"그럼 도대체 우리는 왜 온 건가? 그냥 발표하지."

"그들이 지오나코 브랜드에 어느 정도 기여했는지 확실하게 알아야 하니까요. 당장 지오나코에서 활동하는 시계 장인이 없다고 하더라도 그 기술 같은 걸 전달할 방법은 서적이나 동영상 등 많습니다."

"음……."

"만일 그들이 제대로 전달한 게 없다면 그건 명백하게 사기니까요."

"음……."

노형진의 말에 김성식은 대충 이해한 듯했다.

"그렇지만 그들을 찾을 방법이 없지 않은가?"

그게 문제다. 그런 사람들을 찾는 것은 어려운 일이다. 더군다나 기록에도 없는 사람이라니.

"애초에 전 이곳에 기대도 하지 않았습니다."

"기대도 안 했다고?"

"네, 지오나코 프로젝트는 지난번 디자인 프로젝트와 비슷하게 준비된 겁니다. 그 당시 프로젝트에서 많은 부분을 따왔지요. 즉, 반대로 말하면 우리 역시 비슷한 방식으로 그들을 찾을 수 있다는 겁니다."

"무슨 수로 말인가?"

"대학을 뚫는 거죠."

"대학을? 물론 지오나코라는 사람이 대학을 졸업할 수도 있지만 그렇게 뛰어난 가문이라면 내부에서 교육할 수도 있지 않을까?"

"아, 전 시계 기술이나 정밀 기술을 말하는 게 아닙니다.

전 말 그대로 가문 자체에 대해서 말하는 겁니다. 스위스에는 우리나라에는 없는 학자가 있거든요."

"뭐라고?"

김성식은 고개를 갸웃할 뿐이었다.

⚖

"반갑습니다, 미스 힐데."

"반갑습니다, 미스터 노."

반백의 여인은 부드러운 미소로 노형진과 김성식을 맞이했다.

"메일은 받았습니다. 보안이 필요하다고 해서 주변에도 알리지 않았구요."

"네, 그럼 이야기가 빠르겠군요. 메일에서 말씀드렸다시피 저희는 지오나코 가문을 찾고 있습니다."

"지오나코라……."

그녀는 부드러운 일굴로 고개를 끄덕거렸다.

"찾으실 수 있겠습니까?"

"흔한 성은 아니군요. 하지만 흔하지 않기 때문에 더욱 찾기 쉬울 겁니다."

"그러면 다행이군요."

노형진의 얼굴은 환해졌고 김성식은 신기하다는 표정을

지었다.

"미스터 김은 이런 게 신기한가 보군요."

"네? 아…… 네……. 솔직히 좀 그러네요."

"호호호, 그럴 수밖에요. 한국은 우리 성명학자들이 가장 부러워하고 연구해 보고 싶은 나라니까요."

"연구요?"

"네, 전 세계에서 한국만큼 가문과 혈통에 대해서 잘 기록된 나라는 없답니다. 유럽 쪽은 가문에 대한 명확한 기록이 없습니다. 구전으로 전달되기 때문이지요."

"그런가요?"

"네, 그래서 수많은 사람들이 자신의 뿌리를 찾기 위해서 우리에게 부탁하지요."

성명학자란 유럽이나 미국 등지에서 활동하는 사람들로, 가문의 역사 같은 걸 연구한다.

한국은 족보라는 것을 통해서 사람이 어느 집안사람이며 언제 태어났고 언제 죽었는지 그리고 가족이 누구인지 다 알 수 있다.

하지만 그에 반해서 유럽 쪽은 그런 게 없다. 물론 몇 대 정도는 구전으로 넘어오고 가끔 문서로 기록이 남는 경우도 있지만 대부분의 경우 그 집안의 기록을 가진 사람들은 없다.

"현대에 와서는 가문의 뿌리를 찾고자 하는 사람들이 많지요."

"그런가요?"

"네, 그렇기 때문에 전보다 훨씬 많은 연구가 이루어지고 있지요."

미스 힐데는 부드러운 미소를 지었다.

"사전에 좀 조사했습니다. 많은 사실을 확인할 수 있었는데 지오나코 가문은 아마도 지오란드 가문의 방계로 추정이 되더군요."

"방계요?"

"네, 지오란드 가문은 역사적으로 시계로 유명했던 집안입니다. 지금도 활동하지요. 수많은 장인들이 탄생했습니다."

"그러면 아까 그곳에 가서 지오란드라는 성으로 찾아야 하나요?"

"아까도 말씀드렸다시피 지오란드는 원래 성이고 지오나코는 그곳에서 파생된 방계죠. 지오란드로 찾으면 나오지 않을 거예요."

설사 나온다고 한들 그들이 이제 와서 지오나코라는 성과 알고 지내지는 않을 것이다. 한국으로 치면 수많은 박 씨의 조상이 박혁거세인 셈이니까.

"하지만 그 지오나코라는 성이 어느 도시에서 분파되었는지는 찾을 수 있었죠."

그녀는 컴퓨터에서 뭔가를 찾아서 출력했다. 그리고 정리하면서 그것에 대해 설명해 주기 시작했다.

"최초의 지오나코는 지오란드 가문의 여섯 번째 아들로 태어났어요. 하지만 순수하게 정실로부터 태어난 게 아니었죠. 당연히 지오란드 가문의 성을 이을 자격을 부여받지 못했습니다. 기록에 따르면 지오란드의 장자이자 그의 아버지는 지오나코라는 성을 주고 다른 도시에 자리를 잡을 수 있게 해 줬지요."

그녀는 뭔가를 정리하면서 그것에 대해 설명해 주기 시작했다.

"원래 지오란드 가문은 시계에 대한 뛰어난 기술을 가지고 있었죠. 하지만 가문을 이을 자격이 되지 않았던 지오나코에게는 당연히 그 기술이 제대로 전수되지 않았어요. 그들은 나름 기술을 갈고닦았지만 결국은 본가의 기술을 물려받지는 못했지요. 그들은 19세기 초까지 특정 지역에 모여서 살았습니다. 그 지역은 지오란드 가문의 권역이었고, 방계라고 하지만 지오나코 가문의 혈통 중 하나로 인정되는 지오나코가 생활하기에는 좋은 곳이었죠. 하지만 현대화가 진행되고 시계 장인들의 극히 일부만이 살아남았지요. 지오란드의 시계는 좋은 편이었지만 현대에 와서 그 정도의 퀄리티는 중국산 시계에서도 찾을 수 있으니까요. 결국 그들은 도시를 떠나서 점점 다른 일을 찾기 시작했습니다. 그건 지오나코 가문도 마찬가지였죠. 극히 일부는 그 실력을 인정받아 세계적인 명품 시계 기업에 초빙되었지만 그렇지 못한 사람들은 주로 수리 쪽에 일을 하게 되었지요."

그녀는 마지막으로 출력된 서류를 정리해서 노형진에게 건넸다.

"기록에 따르면 대부분의 지오나코 가문의 사람들은 이곳에 있는 시계 브랜드 수리소에서 일하고 있어요. 수많은 사람들이 이곳을 떠났지만 시계에 관련된 일을 하는 곳은 이곳이 거의 유일하죠. 아마 원하는 사람은 이곳에서 찾을 수 있을 거예요."

노형진의 눈빛이 반짝이기 시작했다.

'역시.'

성명학자들은 단순히 계보에 대해서만 연구하는 게 아니다. 그 가문의 역사 자체에도 파고든다. 족보가 잘 정리되어 있어서 조사할 이유가 없었던 한국과 다르게 그들은 하나부터 열까지 조사하여서 역사적인 사실을 추론해야 하기 때문이다.

"감사합니다."

"별말씀을요. 저 역시 스위스인으로서 누군가 스위스의 시계를 모욕하면서 가짜를 파는 것을 그냥 두고 보고 싶지는 않네요."

그녀는 웃으면서 말했지만 그 안에는 은은하게 자부심과 분노가 녹아 있었다.

"걱정하지 마세요. 그 부분은 얼마 지나지 않아서 끝날 겁니다. 후후후."

"이곳인가?"

지오나코 사람들이 살고 있는 도시. 모 브랜드의 공장이
있는 곳이었다.

"주로 수리하는 곳이라면서? 그런데 이곳에서 그 사람을
찾을 수 있을까? 차라리 본사 쪽에서 제조 쪽에 있는 사람을
찾는 게 나을 것 같은데?"

"그쪽에서는 이름을 빌려주지 않을 겁니다."

"그런가?"

"네, 한국에서는 장인을 무시하지만 스위스를 비롯한 유
럽에서는 장인을 무척이나 인정합니다. 당연히 그들의 자존
심도 강하지요. 그런 사람들이 과연 한국의 대기업이라고 하
지만 시계 사업이라고는 해 본 적도 없는 자들에게 가문의
이름을 빌려줄까요?"

"그런가? 하지만 그런 식이면 수리 쪽에서 일하는 사람도
그럴 것 같은데?"

김성식은 고개를 갸웃했다. 그렇게 가문 자체가 시계라는
사업에 헌신하는 가문이라면 누구도 이름을 빌려주고 싶어
하지 않을 게 뻔하다.

"그거야 그렇지요. 하지만 어딜 가나 이단은 있기 마련입
니다."

"이단?"

"네, 누군가는 돈이 필요하니까요."

"아!"

누군가는 돈이 필요하다. 그게 좋은 이유일 수도 있지만 나쁜 이유일 수도 있다.

"물론 가문 자체를 대표하지는 못합니다. 하지만 자기 이름을 빌려줄 수는 있지요."

"무슨 소리야?"

"예를 들면 이런 겁니다. 제가 요즘 잘나가는 사람의 이름을 딴 상품을 만들고 싶습니다. 하지만 그에게 돈을 주려면 엄청난 개런티가 들지요. 그럼 그 대신에 아무것도 아닌 동명이인을 찾습니다. 그리고 그와 계약하는 거죠. 한자로 표현하면 전혀 다르지만 한글과 영어로 표현하면 같습니다. 난 그럼 그 이름에 대해서 개런티를 지급했으니까 그걸 사용할 수 있는 거죠."

"아!"

김성식은 바로 알아차렸다.

누군가는 지오나코라는 이름이 들어간 자기 이름의 사용을 허가했을 것이다. 그리고 성화 측은 그걸 슬쩍 줄여서 쓴다는 조항을 넣고 거기에 지오나코 명품 브랜드로 만들어 판 것이다.

"그러니까 그걸 명확하게 해야지요."

"하지만 누가 그런 놈인지 알아?"

"상식적으로 가문에 대한 자존심이 있는 놈이라면 그럴 리 없지요. 이곳은 한국으로 치면 집성촌 같은 곳입니다. 물어보면 막 나가는 놈 하나쯤은 있지 않겠어요?"

노형진은 웃으면서 답했다. 그리고 노형진의 확신대로 집성촌이라는 곳의 특성상 그런 녀석을 찾는 것은 어렵지 않았다.

"그거 캐런 지오나코 그 새끼 이야기인 것 같은데?"

"캐런요?"

"그래. 딱인데?"

펍이라고 불리는 우리나라로 보면 가볍게 술을 먹는 호프 같은 곳에서 노형진은 어렵지 않게 지오나코 가문 사람들을 만나 가장 가능성이 있는 녀석에 대해서 들을 수 있었다.

"그러고 보니 그러네. 그 녀석, 얼마 전부터 갑자기 돈이 어디서 생겼는지 펑펑 쓰고 다니던데?"

다른 사람들까지 수긍하는 걸 보니 아마도 그 사람이 맞는 모양이었다.

"그 사람이 누군데요?"

"내 조카쯤 되는 녀석인데 완전 루저야."

가문 사람들의 말에 따르면 캐런은 어려서부터 그다지 시계에 재능이 있는 것은 아니라고 한다. 시계가 가문의 중요한 전통이기는 하지만 그렇다고 시계 제작만 강요하는 것은 아니었다. 그래서 그에게 하고 싶은 걸 하라고 했는데, 그는 아무것도 하지 않은 채로 그저 허송세월만 했다는 것이다.

"그마저도 부족해서 도박에 빠져서 허우적대던 놈인데."

"그렇게 그 녀석이 도대체 돈이 어디서 생긴 건지 참 궁금했는데 말이야."

'그 녀석이군.'

한국에서 도박에 빠지면 패가망신한다는 말이 있다. 이름 빌려주는 게 집안의 재산을 축내는 것도, 무언가를 훔치는 것도 아니니 어려운 일이 아니었다.

"그나저나 기분 나쁘군."

조용히 듣고 있던 사람이 입을 열자 다들 입을 꾹 다물었다. 아마도 한국으로 치면 가장 어른인 모양이었다.

"비록 지오나코가 그렇게 시계에 대해서 인정받지 못하는 가문이라고 해도 한국? 그런 곳에서 사기꾼 도구로 취급될 만큼 허접한 가문은 아닌데."

"맞습니다."

"그건 말도 안 됩니다."

다들 수긍하는 눈치였다.

가문의 전통을 어렵게 어렵게 이어 온 자신들이다. 점점 기계가 정밀화되고, 그래서 사람이 만든 시계의 가치가 떨어져 가고 있다고 해도 전통이라는 이유로 하나하나 깎아 가면서 만들었다. 그런데 전혀 생각지도 못한 곳에서 자신들 가문의 이름을 딴 가짜 시계가 판치고 있다니.

"거기에다가 뭐? 우리 가문의 이름을 딴 시계를 다른 곳도 아니고 중국에서 만들어? 허! 기가 막히는구만."

그는 스윽 자리에서 일어났다.

"이거, 아무래도 그냥은 못 넘어가겠네. 내 가문 회의에서 말해 보지."

'아싸!'

노형진은 속으로 환호를 보냈다. 이건 생각지도 못한 소득이었다. 저들이 항의 서한을 보내는 것은 한국이기도 하겠지만 동시에 스위스 쪽에도 보낼 것이다. 그렇다면 시계 산업에 관해서는 철두철미한 시위스인 만큼 아마도 외교적인 문제가 될 수도 있다.

'그러면 성화는 곤혹스럽겠지.'

당장 그게 이슈화되면 그들이 사기를 친 것이 드러나는 셈이니까.

"그건 내가 알아서 하네. 하지만 캐런 녀석의 문제는 자네들이 알아서 하게."

"그래야지요."

노형진은 그 캐런이라는 작자의 집 주소를 받으면서 고개를 끄덕거렸다.

⚖

"캐런 지오나코 씨! 계십니까?"

허름한 건물. 노형진은 그 앞에서 문을 두들기면서 소리를 질렀다.

"허, 기가 막히는군."

그 옆에서 김성식은 어이가 없다는 듯 고개를 흔들었다.

노형진에게서 사정을 들었기 때문에 별거 아닌 녀석에게서 이름을 빌린 것쯤은 예상하고 있었다. 하지만 눈앞에 보이는 건물은 별거 아닌 정도가 아니라 언제 관리했는지도 알 수가 없는 허름한 집이었다. 그나마도 캐런 지오나코의 부모가 안 물려줬다면 이것마저도 없었을 거라는 게 사람들의 말이었다.

그런데 그 집도 그의 명의로 주면 도박으로 날릴 게 뻔해서 믿을 만한 친척의 명의로 주면서 부탁한 것이라고 한다. 어차피 그 녀석이 결혼해서 자식을 낳을 가능성은 없으니까. 그 녀석이 죽으면 그 집을 가지는 조건으로 말이다.

"누구……?"

삐걱거리는 소리와 함께 열리는 문. 그리고 완전히 눈동자가 풀린 남자가 그 안에서 비틀거리면서 걸어 나왔다.

"캐런 지오나코 씨?"

"네."

"허."

노형진은 자신도 모르게 혀를 끌끌 찼다.

'이건 듣던 것보다 더 심각한데?'

눈동자가 풀리고 흔들리는 다리. 그건 단순히 술에 취해서 나타나는 증상이 아니었다. 그의 모습은 누가 봐도 마약에 찌들어서 정신을 못 차리는 모습이었다. 회귀 전 노형진이 미국에서 질리도록 봤던 그 모습 말이다.

"누구세요?"

마약에 찌들어서 정신없이 물어보는 캐런은 노형진을 똑바로 보지도 못했다.

"이건……."

김성식이 뭐라고 하려는 순간 노형진은 머릿속에 뭔가 스치고 지나갔다.

'기회다.'

사람은 마약에 취하면 정신이 없어진다. 당연히 판단력도 떨어지고 다음 일은 생각도 하지 않게 된다. 운이 좋다면 자신이 뭐라고 하는지도 모르게 되는 것이다.

"성화에서 나왔습니다."

"성화요?"

"성화?"

반문한 것은 캐런만이 아니었다. 심지어 김성식조차도 무슨 소리를 하느냐면서 노형진을 바라보았다.

'이거참, 눈치 없기는.'

노형진은 슬쩍 김성식의 옆구리를 찔렀다. 정상적인 사람이라면 이상하다는 생각을 했을 테지만, 완전히 마약에 찌든 캐런은 전혀 이상하다는 생각을 하지 못하고 있었다.

이것이 법이다

"네, 추가적인 계약이 필요해서 말입니다."

"추가적인 계약요?"

"네."

"하지만 더 이상 추가적인 계약은 없다고 하지 않으셨나요?"

그의 눈에 서리는 은근한 기대.

노형진은 그 기대의 이유를 알고 있었다.

"뭐, 기업이라는 게 그런 겁니다. 아무래도 일을 하다 보면 상황이 바뀌기 마련이지요."

"전…… 하기 싫은데요?"

이미 마약에 취했지만 그의 탐욕은 그가 최대한 머리를 굴리게 만들었다. 그리고 그 어쭙잖은 탐욕이 바로 노형진이 노리는 바였다.

"압니다. 저희가 그냥 갈 리가 있나요? 적당한 보상을 해드릴 겁니다."

"보상…… ."

"지난번처럼 드리면 되죠?"

"아…… 네네네."

눈에서 불을 켜는 캐런 지오나코.

"그 전에 저희가 확인할 게 있습니다."

"확인?"

"저희는 지난번에 왔던 팀이 아닙니다. 당연히 지오나코 씨의 얼굴을 모르지요. 지오나코 씨가 저희 얼굴을 모르듯이요."

캐런은 노형진과 김성식의 얼굴을 뚫어져라 바라보았다. 하지만 마약에 취한 그의 눈이 그걸 확인할 수 있을 리 없었다.

"그러네요."

결국 포기하고 쉽게 납득하는 그였다.

"그래서 본인이 맞는지 캐런 씨의 계약서를 확인해 봐야겠습니다."

"제…… 계약서요?"

"네, 그래야 확실하게 본인이라는 점을 알 수 있지 않겠습니까?"

"아…….."

그는 사력을 다해서 머리를 굴리려는 듯 한참 생각하더니 집 안으로 노형진과 김성식을 들여보냈다.

'윽.'

집 안은 심각할 정도로 더러웠다.

"도대체 왜 그러나? 성화라니?"

"딱 보시면 모르겠습니까? 저 녀석은 지금 마약에 찌들어서 제대로 된 판단을 할 수가 없습니다."

"그래서?"

"그러니까 우리가 적당한 대가만 준다고 하면 그 계약서를 보여 줄 겁니다."

"성화와의 계약서 말인가?"

"네."

물론 성화는 계약할 때 절대 남에게 보여 주지 말라고 했을 것이다. 하지만 그것도 어느 정도 정상인 사람에게나 통하는 거지, 마약에 찌든 사람에게 통할 약속은 아니었다.

　"여…… 여기요……."

　비틀비틀하며 캐런이 가지고 온 한 뭉치의 서류. 노형진은 그걸 받아서 지저분한 소파 위에 자리를 잡고 앉았다. 그러고는 서 있는 캐런 지오나코에게 자리를 권했다.

　"앉아서 기다리세요. 이 서류를 확인하려면 시간이 좀 걸릴 겁니다."

　"네……."

　멍하니 맞은편에 앉은 캐런은 그대로 있다가 히죽거리기 시작했다.

　"심각하게 마약에 취했군."

　심지어 자신들이 있음에도 불구하고 주삿바늘을 찾아서 팔에 꽂기까지 했다.

　"우리야 운이 좋았지요. 안 그러면 이런 걸 찾는 게 쉬웠겠습니까?"

　"그거야 그렇지만……."

　노형진은 그가 완전히 정신이 나간 것을 확인하고는 천천히 계약서를 읽기 시작했다.

　"역시 그렇군요."

　"역시?"

"네."

계약서대로라면 캐런 지오나코는 자신의 성명 사용권을 성화에게 넘겼다. 그리고 그 약자는 지오나코로 한다는 조항까지 있었다. 절묘하게 지오나코 가문의 이름을 쓸 수 있게 해 둔 것이다.

"그 대가로 1억을 줬군요."

"고작?"

한 기업의 타이틀이면 엄청난 가치다. 그런데 고작 1억이라니?

"상대는 성화입니다. 이쪽은 마약 중독자구요. 정상적인 거래가 될 리 없지요."

"그렇군."

딱 봐도 계약서는 온갖 독소 조항으로 가득 차 있었다. 그럼에도 불구하고 그는 사인을 했다. 어차피 자신과는 상관없는 일이니까. 그는 마약 중독자이고 더 이상 떨어질 곳이 없는 상황.

"살다 보니 이렇게 땡잡는 날도 있네요."

노형진은 히죽거리면서 웃으면서 한 장 한 장 정성스럽게 사진을 찍기 시작했다.

물론 통째로 가지고 가고 싶지만 그건 절도가 될 수도 있다. 만일 훔친 거라고 법원에서 증거로 인정해 주지 않으면 골 때리기 때문에 원본을 훔치지 않는 것이다.

"다 찍었습니다."

노형진은 사진을 확인하고는 흐느적거리는 캐런을 바라보았다.

"그나저나 돈은 어쩔 건가?"

"무슨 돈요?"

"성화가 1억 줬다며? 아까 똑같이 보내 준다고 하지 않았나?"

"그걸 기억이나 할까요?"

"응?"

김성식은 고개를 돌려서 정신을 차리지 못하고 있는 캐런을 바라보았다. 그러고는 고개를 저었다.

"그럴 리 없겠군. 기억할 리 없지."

그도 수많은 사건들을 보았다. 그중에는 당연히 마약 사건도 있었다. 그의 기억에 따르면 지금 캐런은 제대로 마약에 취한 상태였다.

"일어나서 우리나 기억하면 다행이겠군."

"그렇지요."

마약은 환각을 느끼게 해 주고 기분을 좋게 만들어 준다. 아마도 깨어나고 나면 자신이 기분 좋은 환각을 만났다고 생각할 것이다.

"줄 수야 있지만 결국 그 돈이 어떻게 사용될지 뻔하게 아니까 주고 싶은 생각은 없네요."

"잘 생각했네."

아마도 이번 사태가 끝나면 그는 가족들에게 끌려서 마약 중독자 치료소에 갈지도 모른다. 하지만 불쌍하지는 않다. 결국 그가 자초한 일이니까.

"그나저나 성화 녀석들, 엄청나게 머리를 썼네요."

계약서 내부에서 성화라는 이름은 들어 있지 않았다. 자신들을 드러내지 않고 돈을 벌기 위해 엄청나게 노력했다는 뜻이다.

"그래도 아까는 성화라는 말에 반응하지 않았나?"

"구두였으니까요. 말로 한 거니 반응했을 겁니다. 아마도 그건 들었을 테니까요."

"음……."

"하여간 계약서는 구했군요. 생각지도 못한 소득입니다."

노형진은 카메라를 잘 챙기면서 빙긋 웃었다.

"그럼 남은 건 하나뿐이군요."

이쪽에서는 캐런 지오나코의 이름을 빌려서 마치 가문에서 기술이 이전받은 것처럼 했다. 이제 남은 것은 여성용 명품 브랜드인 빈센코. 그건 프랑스에서 시작된 것으로 성화는 홍보하고 있었다.

"자, 그럼 프랑스에서는 어떤 꼼수를 부렸는지 확인해 보러 가죠."

노형진은 과연 성화가 어떤 꼼수를 부렸는지 자못 궁금한 얼굴이 되었다.

프랑스. 수많은 사람들이 그리는 꿈의 성지.

"일단 패션은 시계와는 다릅니다. 전통의 문제도 있지만 혁신적인 한 명의 천재를 따라가지요."

물론 전통적인 명품 브랜드도 있다. 하지만 그런 곳은 기본적으로 옷감이라는 재료에 따라서 가는 것이지, 디자인이라는 부분에 대해서는 천재적인 한 명이 나타나서 이 모든 것을 혁신한다.

"가문은 아니다 이거군."

"네, 가문이라는 곳이 패션계에서는 의미가 없지요."

"빈센코라는 브랜드는 그럼 어디서 시작된 거야?"

"일단은 기업부터 시작해 볼까요?"

"기업?"

"네."

"수입 명품 브랜드 아닙니까?"

"아!"

시계인 지오나코는 중국에서 성화가 직접 제작해서 가지고 온다. 그에 반해서 빈센코는 수입 명품이다. 그리고 시계와 다르게 옷감이라는 확 드러나는 재질의 물건을 쓰기 때문에 중국에서 제조하는 데 한계가 있다.

"아마도 그곳을 찾는 건 어렵지 않을 것 같은데요."

노형진의 말에 김성식은 고개를 끄덕거렸다.

"빈센코요?"

"네."

"그런 브랜드는 잘 모르는데요?"

"역시……."

가장 먼저 간 곳은 패션의 총아라고 할 수 있는 백화점이었다. 유명한 브랜드인 만큼 입점했을 거라 생각했기 때문이다.

설사 입점하지 않았다고 하더라도 그곳에 대해서 아는 사람은 있을 거라 생각했는데 그런 브랜드를 아는 사람이 전혀 없었다.

"제가 패션계에서 20년이 넘게 있었지만 그런 브랜드는 처음 들어 봤습니다."

백화점 내부의 디자이너가 딱 못을 박았다.

"그러면 그런 브랜드에 대해서 알 만한 사람도 있을까요"

"글쎄요? 그런 사람이 있을까요? 우리나라에서 어지간한 브랜드는 다 입점하기 위해서 제게 연락하거든요."

"못 들어가는 건요?"

"말 그대로 저가형의 물건들이죠."

"음……."

그가 말하는 저가형이라는 것은 좋게 말하면 적당한 가격과 품질의 물건을 뜻한다.

'하지만 이 사람의 경력을 보면……'

그는 입점하는 옷들의 품질 관리 담당이다. 그리고 그의 기록을 보면 그는 백화점에 일하기 전에 마트나 아울렛 같은 곳에서도 일했다고 되어 있다.

'결국 그런 곳으로도 들어가지 못하는 옷이라는 건데……'

그런 건 중국에서 들어오는 싸구려 물건들뿐인지라 노형진은 심각한 얼굴이 되었다.

"혹시 알 만한 사람들 있습니까?"

"글쎄요……. 잠시만요. 제가 좀 알아보지요. 어쩌면 모델들 중에서 한 명은 알지도 모르겠네요."

"모델들요?"

"네, 그 사람들은 많은 곳에서 쇼를 하니까요."

"알아봐 주시면 감사하지요."

"별말씀을요. 기다리는 동안 쇼핑이라도 하세요."

노형진은 씩 웃었다.

'그러면 그렇지.'

공짜로 해 줄 리 없다. 물론 돈을 바라지는 않지만 기다리는 동안에 쇼핑이라도 하면서 매출이라도 올려 달라는 거다.

'하긴 프랑스에까지 왔는데 그냥 가는 것도 좀 그러네.'

노형진은 김성식의 어깨를 툭 쳐서 바깥으로 나갔다.

"나가시죠."

"응? 그냥 나가서 쇼핑하자는 건가?"

"여기는 프랑스입니다. 쇼핑의 천국이죠. 이런 곳에서 그냥 가는 것도 왠지 억울할 거 아닙니까?"

"그렇지?"

왠지 김성식의 얼굴에 미소가 떠오르는 것 같았다. 딱 봐도 프랑스에 간다고 하니 별의별 부탁을 다 받았을 것이다.

"그러면 일단 백화점 내부부터 좀 돌아볼까요?"

노형진은 그냥 정보 비용을 주는 셈치고 몇 가지 적당한 선물들을 사면서 백화점에서 쇼핑을 즐겼다.

그렇게 몇 시간이 지났을 때, 드디어 기다리던 전화가 왔다.

─미스터 노, 사무실로 와 주시기 바랍니다.

"네, 그러지요."

노형진은 쇼핑에 정신이 팔려 있는 김성식을 데리고 다시 그의 사무실로 향했다. 그런데 그의 얼굴은 예상하지 못한 듯 약간은 당황한 얼굴이었다.

"무슨 일이니까? 빈센코라는 브랜드에 대해서 찾았습니까?"

"찾기는 했습니다만……."

"그런데요?"

"그게 좀 당혹스러운 물건이라서요."

"당혹?"

"네."

"아니, 왜요? 그럼 일단은 있는 기업이지 않습니까?"

"그건 그렇지요."

그렇다면 그곳에 가서 확인하면 되는 것이다. 계약 조건이나 품질 같은 것을 확인한 뒤에 자료를 가지고 한국으로 가서 터트리면 그들에게 심각한 타격을 입힐 수 있을 것이다.

"그게 말이죠, 직접 들어 보시는 게 좋을 것 같네요."

"직접요?"

"네."

그의 말에 의하면 모델 중 한 명이 그곳에 대해 안다고 했다.

노형진은 고개를 끄덕거렸고, 잠시 후 연락을 받은 모델이 사무실로 들어왔다.

"반갑습니다. 노형진입니다. 이쪽은 같은 변호사인 김성식 변호사님이시고요."

"이사벨라예요."

"그런데 빈센코라는 브랜드에 대해서 아신다고요?"

"알기는 하죠. 그런데 사정을 들어 보니 좀 당황스럽네요."

"그래요? 그 브랜드가 어떤 브랜드죠?"

"그게……."

그녀는 잠시 고민하다가 드디어 입을 열었다.

"군납 브랜드인데요."

"네?"

노형진은 자신의 귀를 의심했다. 군납이라나?

"군대에 납품하는 회사라고요?"

"네, 그러니 당연히 일반인들은 모르죠. 더군다나 여성용 속옷 같은 것만 납품하는 회사라 여군 출신들이나 알까, 대부분은 알 리 없죠. 제가 여군 출신이라서 그 브랜드에 대해서는 알고 있었던 거예요."

"여성용 군용 속옷을 납품한다고요?"

"네."

노형진은 당황스러웠다.

한국에서도 그런 브랜드들이 있다. 공급하는 곳은 오로지 군대뿐인 곳들. 대표적인 예가 과거 '맛스타', 지금은 '생생가득'이라 불리는 음료수와 지금은 사라진 '새참컵면'이라고 하는 컵라면 정도다.

"허."

노형진은 그가 당황한 이유를 알 것 같았다. 한국으로 치면 '브레이브맨'이라는 군인 전용 브랜드를 해외에서는 명품이라고 파는 꼴이 아닌가?

"그럼 품질은……."

"그렇지요, 뭐."

"끄응……."

군용품이라는 게 그렇다. 적당한 가격에 적당한 성능. 나쁘지도 않고 좋지도 않은 품질.

'아니지. 한국처럼 비리가 많은 곳은 엄청나게 비싸고 성

능은 낮은데…… . 뭐, 그 정도까지는 아니려나?'

하지만 확실한 것은 군용품이라는 것은 명품으로 팔아먹기에는 모든 면에서 부족하다는 것이다.

"그곳에서 혹시 일반적인 여성품도 팝니까?"

"그건 아닐걸요? 속옷만 납품하는 걸로 알고 있어요."

"그래요?"

"네."

노형진은 얼굴을 찌푸렸다.

"그렇다는 건…… ."

"아마도 김 변호사님 생각이 맞을 겁니다. 아마도 그곳도 이름만 빌린 모양이군요."

이름을 빌리고 그 후에 또다시 중국에서 성화가 뭔가를 만들어서 들어왔을 가능성이 높다.

일단 군대와 연결된 기업은 상당히 오래된 기업인 경우가 많다. 그렇다면 성화에서 이름을 빌려서 제품을 만들고 그걸 이용해서 팔아먹는다. 누군가 그 브랜드에 조사한다면 1차적으로 그 브랜드가 오래되었다는 것이 나오니까 명품이라고 우기기에 좋다.

"그럼 한국에서 수입 명품이라고 만드는 게 모조리 다 가짜란 말이야?"

"네."

"미친 거 아냐?"

이건 성화로서도 상당히 위험한 도박이다. 반대로 말하면 그 정도로 위험한 도박을 해서라도 자금을 모아야 할 만한 이유가 있다는 뜻이다.

'뭐지?'

대룡과 싸우느라 성화의 자금 사정이 안 좋다고 하지만 이 정도까지 할 이유는 없다. 그런데 이런 사기에 가까운 상술이라니.

"결국은……."

노형진은 중국이 있는 방향을 바라보았다.

"중국에 모든 카드가 있을 것 같군요."

다음 권으로 이어집니다

양강 퓨전 장편소설

역대급

『전설이 되는 법』의 **양강** 신작!
역대급 재미가 펼쳐진다!

마법과 몬스터가 존재했던 전생을 기억하고
피와 전투를 갈구하며 평범한(?) 삶을 살던 다한
하늘이 보랏빛으로 물든 날, 전생과 같은 시험이 시작된다!

행성 '페인글리트'로의 이주권을 위한 차원 간 경쟁!
'격'을 높여 인류를 구원하라!

다한과 그의 가족은 전생의 기억 덕에
승격 시험에서 유리한 고지를 차지하지만
새로운 행성을 향한 세계의 이권 다툼 속에
표적이 되고 마는데……

새로운 룰이 세상을 지배한다
'격'이 높은 자가 모든 것을 가진다!

신무명 스포츠 장편소설